U0074625

中國現代文學史稀見史料6

中國新文學概論

謝泳、蔡登山　編

「中國現代文學史稀見史料」前言

謝泳

這裡搜集的有關中國現代文學史研究的三種史料並不特別難見，但在事實和經驗中，它們的使用率並不高，有鑒於此，我和登山兄想到把它們集中重印出來，供從事中國現代文學史研究的學者使用。

《中國現代小說戲劇一千五百種》

第一本是英文《中國現代小說戲劇一千五百種》（1500 Modern Chinese Novels & Plays）。

本書是一九四八年輔仁大學印刷的，嚴格說不是正式出版物，所以可能流通不廣。夏志清寫《中國現代小說史》的時候，在前言裡專門提到宋淇送他的這本書非常有用。這本書的作者，通常都認為是善秉仁。關於此書的編輯情況是這樣的：當時「普愛堂出版社」計劃出版一套叢書，共有五個系列，第一個系列是「文藝批評叢書」，共有四本書，其中三本與中國新文學相關，一本是《文藝月旦》（甲集，原名《說部甄評》），一本是《中國現代小說戲劇一千五百種》，還有一本是《新文學運動史》。《中國現代小說戲劇一千五百種》由三部分組成：

第一部分是蘇雪林寫的「中國當代小說和戲劇」（Present Day Fiction & Drama In China）。

第二部分是趙燕聲寫的「作者小傳」（Short Biographies Of Authors）。

第三部分是善秉仁寫的「中國現代小說戲劇一千五百種」。

本書印刷的時間是一九四八年，大體上可以看成中國現代文學結束期的一個總結，作為一本工具性的書，因為是總結當代小說和戲劇以及相關的作家問題，它提供的材料準確性較高。特別是善秉仁編著的《中國現代小說戲劇一千五百種》，主要是一個書目提要，雖然有作者的評價，如認為適合成年人、不適合任何人或者乾脆認為是壞書等，但這些評價現在看來並不是沒有價值，我們可以從他的評價中發現原書的意義，就是完全否定性的評價，對文學史研究來說也不是毫無意義。比如當時張愛玲出了三本書，分別是《傳奇》《流言》和《紅玫瑰》（原名如此），提要中都列出了。認為《流言》適於所有的人閱讀，而對《紅玫瑰》是否定的，建議不要推薦給任何人；對《傳奇》則認為雖然愛情故事比較危險和灰色，不合適推薦給任何人閱讀，但同時認為，小說敘述非常自由和具有現代風格，優美的敘述引人入勝且非常有趣。另外，本書對《圍城》的評價也不高。

本書的編纂有非常明確的宗教背景，前言開始就說明是向外國公眾介紹中國當代文學，但同時也有保護青年、反對危險和有害的閱讀。作為中國早期一本比較完善的現代文學研究著作，本書的價值可以說是相當高的，除了它豐富和準確的資料性外，蘇雪林的論文也有很重要的學術史意義。它基本梳理清了中國現代小說和戲劇的發展脈絡，而且評價比較客觀。她對魯迅在中國現代小說史上的開創性地位有正面的評價，對老舍、巴金的文學地位也有較高評價。對新興的都市文學作家群、鄉土作家群、北方作家群等等，都有專章敘述，中國現代文學史上有地位的小說家和劇作家基本都注意到了。本書敘述中國當代小說，蘇雪林第一個提到的就是魯迅，她說無論什麼時候提到中國當代小說，我們都必須承認魯迅的先鋒地位，這個見識體現了很遠大的文學史眼光。

《文藝月旦・甲集》

第二本是善秉仁的《說部甄評》。

本書原是用法文寫的一本書，後來譯成中文，名為《文藝月旦・甲集》，一九四七年六月初版，署景明譯，燕聲補傳。書前有一篇四萬餘字的〈導言〉，其中第三部分「現代中國小說的分析」，多有對中國現代文學的評價。本書除了善秉仁的〈導言〉外，還有趙燕聲編纂的「書評」和「作家小傳」，這些早期史料，對中國現代文學研究很有幫助，特別是其中一些史料線索很寶貴，比如善秉仁在《文藝月旦》的導言最後中提到：「文寶峰神父的《中國新文學運動史》業已出版。一種《中法對照新文學辭典》已經編出，將作為『文藝批評叢書』的第三冊，第四冊又將是一批《文藝月旦》的續集。」

《新文學運動史》

第三本是文寶峰的《新文學運動史》（Histoire de La Litterature chinoise modern by H.Van Boven Peiping）

我最早是從常風先生那裡聽到這本書的。我查了一下印在《中國現代小說戲劇一千五百種》封面上的廣告目錄，提示英文正在計劃中，而法文本已經印出。本書列為「文藝批評叢書」的第二種。

常風先生在世的時候，我有時候去和他聊天，他常常告訴我一些上世紀三十年代文壇的舊事，有很多還是一般文學史中不太注意的。文寶峰（H.Van Boven）這個名字，我就是從他那裡聽到的。記得他還問過我，中國現代文學界對這個人有沒有研究，我說我不清楚。他說這個人對中國現代文學很有興趣，寫過一本《中國現代文學史》。聽常風先生說，文寶峰是比利時人。一九四四年春間，他曾和常風一起去看過周作人。常風先生後來寫了〈記周作人〉一文，交我在《黃河》雜誌發表，文章最後一段就寫這個經歷。他特別提到「見了文寶峰我才知道他們的教會一直在綏遠一帶傳教，因此他會說綏遠方言。文寶峰跟我交談是英文與漢語並用，他喜歡中國新文學，被日本侵略軍關進集中營後，他繼續閱讀新文學作品和有關書籍，我也把我手頭對他有用的書借給他。過了三四個月，文寶峰就開始用法文寫《中國現代文學史》，一九四四年七月底他已寫完。一九四五年日本帝國主義投降後不久文寶峰到我家找我，他告訴我說他們的教會領導認為他思想左傾要他回比利時，他在離開中國之前很希望能拜訪一次周作人。與文寶峰接觸近一年，我發現他對周作人和魯迅都很崇拜。」[一]

梁實秋在〈憶李長之〉一文中曾說：「照片中的善司鐸面部模糊不可辨識，我想不起他的風貌，不過我知道天主教神父中很多飽學之士，喜與文人往來。」[二]

梁實秋這篇回憶李長之的文章，就是由常風先生寄了一張一九四八年他們在一起吃飯時的合影照片引起的，這張照片上有當時北平懷仁學會的善秉仁，文寶峰當時可能也在這個機關服務。這張照片非常有名，主要是當時「京派」重要作家都出席了，此後他們大概再沒有這樣集中過，梁實秋此後也再沒有回過北平。記得好多年前，子善兄曾托我向常風先生複製過這張照片，我幫他辦了此事，還就此事給《老照片》寫過一篇短文。

文寶峰（H.Van Boven）是比利時人，曾在綏遠、北京一帶傳教，喜歡中國新文學，一九四四年，被日本侵略軍關進集中營後，他繼續閱讀新文學作品和有關書籍，用法文完成了《新文學運動史》（*Histoire de La Litterature chinoise moderne*），一九四六年作為「文藝批評叢書」的一種，由北平普愛堂印行。此書中國國家圖書館現在可以找到，希望以後能翻譯出來供研究者使用。關於文寶峰其人，我後來還在臺灣大學古偉瀛教授編輯的一本關於傳教士的名錄中見到了相關的介紹，印象中他後來到了日本傳教，二〇〇三年在日本姬鹿城去世。

《新文學運動史》正文共有十五章，除序言和導論外，分別是：

一、桐城派對新文學的影響

二、譯文和最早的文言論文

三、新文體的開始和白話小說的意義

一 常風：《逝水集》（瀋陽：遼寧教育出版社，一九九五年），頁一〇六。

二 《梁實秋懷人叢錄》（北京：中國廣播電視出版社，一九八九年），頁三一八。

趙燕聲在〈現代中國文學研究書目〉一文中認為「西文的中國新文學史，此書現在是唯一本。內容偏重社團史料，作家傳記；敘事截止於一九三三、一九三四左右。錯誤的地方很多。」[三]

在以往中國現代文學史編纂史研究中，還沒有注意到這部著述。因為它完成於上世紀四十年代中期，大體是中國現代文學史的完整歷史，是一部非常有意義的著述。我們從它的目錄中可以看出，文寶峰敘述中國現代文學史的眼光很關注新文學和中國傳統文學的關係，特別是對轉型時期翻譯作品對新文學的影響有重要論述。本書的影印出版，對開拓中國現代文學史研究視野很有幫助，同時也促使學界用新眼光打量中國現代文學編纂史。由於文寶峰對周氏兄弟的新文學史地位評價很高，本書對魯迅研究、周作人研究的啟示意義也是顯而易見的。雖然作者有明顯的宗教背景，但他在評價新文學史的時候，還是保持了非常獨特的眼光。文寶峰在序言中，特別表達了對常風先生的感激之情，認為是常風先生幫助他完成了這部著作，文寶峰說，在集中營修改此書的漫長歲月裡，常風先生審看了他的稿子並給他帶來必要的信息和原始資料。

希望這三種史料的影印出版能推動中國現代文學史研究的發展。上世紀六十年代中期，香港龍門書局曾翻印過《中國現代小說戲劇一千五百種》，但大陸一般研究者也不易見到，其它兩種就更少聽說了。現在秀威資訊科技出版公司將三種史料一併同時推出，對於加強兩岸中國現代文學研究的交流有非常重要的意義。至於另外一種《中法對照新文學辭典》，目前我們還沒有找到，希望以後能有機會發現並貢獻給研究者。

謝泳

二〇一〇年九月三十日於廈門大學人文學院

[三] 《文潮》第五卷六期，民國三十七年。

陸永恆《中國新文學概論》簡介

謝泳

《中國現代文學研究叢刊》2012年第7期刊有洪亮論文《中國現代文學史編纂的歷史與現狀》，內中提到陸永恆《中國新文學概論》，並注明作者明示沒有見過此書。

因近年我和臺灣蔡登山先生合作編纂「中國現代文學史稀見史料叢書」（目前已出五種），所以對早期中國現代文學史著述稍有留意，陸永恆書已收入，正在出版過程中。

一般研究中國現代文學史的人，還不曾注意過陸永恆這本《中國新文學概論》，黃修己《中國新文學史編纂史》一書也沒有提及，所以判斷王哲甫《中國新文學運動史》是第一部新文學史著作（本書初版於1933年9月），所以有必要稍加介紹。

陸永恆《中國新文學概論》，一般注明系「傑克印務局承印。民國二十一年八月」出版。但此處「傑克印務局承印」是印刷單位，不是出版單位，因為我見到的此書恰好版權頁有殘破，看不清楚具體出版單位，所以希望日後見到此書版本較好者詳示。

關於此書作者陸永恆，目前也很難查到具體詳情。因為此書在廣州出版，只知作者曾在嶺南大學讀書。關於作者的詳細情況，以後可能還要依靠地方文獻來解決，在全國範圍內反而不易得到相關材料。因為本書前有一則「自序」，其中涉及作者一些線索，有史料價值，抄錄如下：

自序

中國自從新文學運動直到現在，出版界還沒有一本理想的較系統的新文學史或新文學概論之類。其原因也許是為了「新文學」是「現代文學」，以「現代人」而研究「現代文學」，時間短促，未免有點看不清楚，得不到整個的真確的印象吧！

所以十多年來的新文學運動，其中的枝節問題，雖有不少的人提出討論，但整個的新文學運動，作有系統的研究，做成一個詳細的報告，以供將來文學家有所借鏡，這種工作，似乎還沒有人肩任——至少我沒有看見過。

我立意要寫這樣文章的動機，是要民國十七年四月間，是為了當時在廣州嶺南大學學術研究會聽過中山大學教授楊振聲先生演講《新文學的將來》之後，得到一些反感，就想動筆嘗試；可是那時為了缺乏參考書，未能如願。恰巧後來學術研究會要討論「新文化運動」這一問題，我便選了《十年來的中國新文學》來研究。當時和我一快兒共同研究這題的有會友何格恩君。在這時候，我們每天差不多都到圖書館去翻閱參考書——最主要的是《新青年》、《新潮》、《新中國》、《每週評論》、《文學週報》、《北京晨報副刊》、《創造月刊》、《語絲》、《現代評論》等雜誌。研究的結果，我就寫成《新文學運動後的戲劇概況》和《十年來的中國新文學》。前者曾在嶺南大學學生會出版的《南風》第三卷第一號發表過，後者則在廣州《民國日報‧現代青年》發表過的，同時何君也寫成了一篇《新思潮與新文學》。

近年來，我因為在幾間的中學擔任國文的教席，而這幾間中學的學生很喜歡聽我講授新文學，於是一時興奮，就將從前研究所得，編成這本講義。

本書因為倉促編成，文中間有引用參考書的字句，未能一一標明出處，至為抱歉，特此聲明，以示不敢掠美。至於敘述新文學作家的作品，均限於編者所見所聞，遺漏必多，而介紹或批評他們的說話，純取客觀的態度，非敢存標榜，或有意攻擊。倘有不對的地方，還要請讀者們原諒。

本書附錄的新文學雜論，是研究新文學必須參考的幾篇；所以把它附錄在後，以便讀者去參考和研究。

陸永恆

二十一年，八，一，廣州

王哲甫《中國新文學運動史》初版於1933年9月，晚陸書一年。就目前發現的較為系統的中國新文學史著述判斷，陸書應當是最早完全以新文學為研究對象的著作。如果以後這個判斷不能為新材料否定，那麼它在新文學編纂史上的地位就應當引起注意。

當中國現代文學史成為一門學科並在中國大學中獲得穩定知識傳授權利後，研究者對這門知識產生的歷史應當認真梳理，並確定早期文學史著述的歷史意義，這個學術工作，目前應當把視角轉移到地方文獻上來。

這個意義至少應當包括：一、自覺判斷並完成的中國新文學史著作，時間越早越有歷史意義，無論是地方作者還是全國作者，在系統新文學史知識的建立中，文學史研究者的地位應當是平等的；二、在文學史編纂中，沒有獲得廣泛傳播的文學史著作，它的歷史地位更應當得到重視；三、在已有歷史定評的中國現代文學史著述中，忽略早期同類著述，無論出於何種原因，都會影響已有定評的中國現代文學史著述的歷史地位。四、完全以個人學術工作為目的文學史著述，未受意識形態制約，更有益於還原真實的文學歷史。

陸永恆《中國新文學概論》，就字數而言並不長，也只是幾萬字的篇幅，但文字的長短在文學史編纂中並不特別重要，重要的是編纂者的歷史眼光和對文學史現象的判斷，還有就是對文學活動觀察的系統性和完整性，在這方面，陸書顯示了相當的自覺性，這個自覺性在新知識權利的形成中顯得非常重要。下面是《中國新文學概論》的完整目錄：

《中國新文學概論講義目次》

第一編　文學的定義

（一）中國歷代的文學觀念

（二）西洋的文學觀念

（三）中國現時的文學觀念

第二編　新文學運動與舊文學的區別

由此目錄，可看出作者對新文學活動的系統瞭解，也說明作者對新文學產生的時代及與中國舊文學的區別有較為深入的瞭解。尤其作者概括新文學的特質，非常準確，並較早使用了「現代文學」概念，他明確認為「『新文學』一名詞，實不及『現代文學』之適當」，而他只是從習慣沿用了「新文學」的說法。錢基博《現代中國文學史》比此書晚出一年。雖然書中也涉及新文學歷史，但錢書沒有陸書對中國新文學歷史地位的自覺性，梳理新文學活動，也沒有陸書系統全面。錢書中的新文學，還只是中國古典文學史發展的一個階段，而陸書有自覺建立中國新文學系統歷史的自覺性。十年以後任訪秋完成《中國現代文學史》上卷，我沒有讀過任書，不好判斷任書是否受過陸書的影響。不過在當時傳播手段非常有限的情況下，學術相互影響的可能性不高，學者多是在自己既定的學術條件下自覺思考，特別是那些處於文化邊緣地帶的學者。

陸書共258頁，分為兩部分。第一部分，屬於個人著述，占全書90頁，所以本書以「編者」署名。第二部分，是新文學初期重要文獻彙編。陸書較《中國新文學大系》早出三年，但觀察這部分新文學早期文獻彙編，陸永恆的文學史眼光也相當獨特。下面是其所選文獻的目錄：

一、文學雜論
胡適《文學改良芻議》、
陳獨秀《文學革命論》
胡適《建設的文學革命論》
周作人《人的文學》
二、新詩雜論
胡適《談新詩》
西諦《談散文詩》
三、戲劇雜論
梁實秋《戲劇藝術辯證》
西瀅《民眾的戲劇》
四、小說雜論
黃仲蘇《小說之藝術》
胡適《論短篇小說》
五、散文雜論
梁實秋《論散文》

周作人《文藝批評雜話》

陸書1932年8月完成，而據其序言中所記，關於新文學的幾篇重要論述，比之還要早一些。在中國現代文學第一個十年剛剛結束不久，一個地處廣東，大學畢業不久的青年學生，即能敏銳意識到新文學在中國文學史上的歷史地位，並且做了如此努力，應當說是很難得的。當中國現代文學史知識成為一門系統知識時並成為大學文科之一部分時，對於它早期發展歷史中的所有細節，瞭解得越詳細，對文學史編纂就越有意義。

2012年9月20日於廈門

中國新文學概論

陸永恒編

壽石工題

陸永恆編

中國新文學概論

克文印務局承印

自序

中國自從新文學運動直到現在，出版界還沒有一本理想的[illegible]系統的新文學史或新文學概論之類。其原因也許是爲了「新文學」是「現代文學」，以「現代人」而研究「現代文學」，時間短促，未免有點看不淸楚，得不到整個的眞確的印象吧！所以十多年來的新文學運動，其中的枝節問題，雖有不少的人提出討論，但整個的新文學運動，作有系統的研究，做成一個詳細的報告，以供將來文學家有所借鏡，這種工作，似乎還沒有人肩任——至少我沒有看見過！

我立意要寫這樣文章的動機，是在民國十七年四月間，是爲了當時在廣州嶺南大學學術研究會聽過中山大學教授楊振聲先生演講「新文學的將來」之後，得到一些反感，就想動筆嘗試；可是那時爲了缺乏參考書，未能如願。恰巧後來學術研究會要討論「新文化運動」這一問題，我便選了「十年來的中國新文學」來研究。當時和我一塊兒共同研究這題的有會友何格恩君。在這時候，我們每天差不多都到圖書館去翻閱參考書——最主要的是新青年，新潮，新中國，每週評論，文學週報，北京晨報副刊，創造月刊，語絲，現代評論等雜誌。——研究的結果，我就寫成新文學運動後的戲劇概況和十年來的中國新文學。前者曾在嶺南大學學生會出版的南風第三卷第一號發表過，後者則在廣州民國日報現代青年發表過的，同時何君也寫成了一篇新思潮與新文學。

近年來，我因為在幾間的中學担任國文的教席，而這幾間中學的學生很喜歡聽我講授新文學，於是一時興奮，就將從前研究所得，編成這本講義。

本書因為倉卒編成，文中間有引用參考書的字句，未能一一標明出處，至為抱歉，特此聲明，以示不敢掠美。至於叙述新文學作家的作品，均限於編者所見所聞，遺漏必多，而介紹或批評他們的說話，純取客觀態度，非敢存心標榜，或有意攻擊。倘有不對的地方，還要請讀者們原諒。

本書附錄的新文學雜論，是研究新文學必須參考的幾篇；所以把牠附錄在後，以便讀者去參考和研究。

陸永恆

二十一，八，一，廣州

自序

中國新文學概論講義目次

第九編　附錄新文學雜論

第一編 文學的定義

第一編　文學的定義

文學是什麼？我們在研究新文學之前，便須先爲文學下一定義：因爲不下定義，不能得到明瞭的觀念。我國舊時的人對於文學的觀念，大都是渾渾沌沌不可捉摸的，從未有把文學下個確切明瞭的定義，這就是我國學者輕視文學的一個証據。

（一）中國歷代的文學觀念

文學的名稱，始見於論語，先進篇所謂「文學子游子夏」就是了。邢昺論語疏云：「文章博學，則子游子夏二人。」這個解釋是很好的！大抵最初期的觀念，卽是最廣義的文學觀念，一切書籍，一切學問都包括在內，文學和學術實不分界限。時至兩漢，文化漸進，一般人也覺得文學作品，確有異於其他文件的地方，於是所用術語，遂與前期不同。用單字則有「文」與「學」的分別，用連語則有「文章」與「文學」的分別，以含有「博學」的意義的，稱之爲「學」或「文學」，以美而動人的文辭，則稱之爲「文」或「文章」的區分。到了這時，才使文學與學術分離。至魏晉南北朝間，遂較兩漢更進一步，於同樣「美而動人」的文章中間，分爲「文」與「筆」。劉勰文心雕龍以「有韻爲文，無韻爲筆」。這種形式上的區分，實是「文」「筆」區分的前期見解。至如梁元帝金樓子文言篇，曾著眼在性質的差異來區分：筆重在知，文重在情；筆重在應用，文重在美感。於是才有所謂純文學雜文學的分別，有點相像，這就是文筆區分的後期見解。唐宋以後，一般人對於文學的觀念，爲復古思潮所籠罩，以「道」與「文」混而爲一。唐人則主張「文以貫道」，宋人則主張「文以載道」。唐人——尤其是古文家——的文學觀念，誤在以筆爲文；以筆爲文，則六朝「文」「筆」的區分淆亂了。宋人——尤其是理學家——的文學觀念，誤在以學爲文，則兩漢「文學」與「文章」的區分也淆亂了。直到清代，這兩種謬誤的觀念，一成不改。代表前者則有所謂桐城派；代表後者則有所謂考証學派。

近百餘年有位阮元先生根據昭明文選才給文學明定了一個定義說：「必沈思翰藻，始名之爲文」。但他所定的範圍，未免太狹。又有位章太炎先生說：「以有文字著於竹帛謂之文，論其法式，謂之文學」。所以他在文學的分類裏，連表譜，算草，都列在裏面，幾乎是寫的即都是文學作品。這樣看來，他所定的範圍，又未免太廣。因此在中國簡直找不出正確的文學定義，只好到西洋的文學書籍裏找尋罷了！

（二）西洋的文學觀念

西洋學者對於文學所下的定義，也有廣義和狹義的分別。安諾德（英國文學批評家）以爲文學是一個應用的名稱，其意可指一切繕寫或印刷的書籍，他指諸幾何原本，[illegible]，也列在文學裏，正犯着章太炎一樣的毛病。赫肯黎以爲「文學是一種美麗的文字」，[illegible]的主張差不多。英人龐科士著英國文學史論文學的定義，比較詳盡。他說：「文學有兩個定義：(一)汎包字義，統文書之屬：肖自字母，發於記載，凡可寫錄，號稱書籍，都是[illegible]廣義。(二)專爲述作的特殊名稱，只有宗主抒感，以娛志爲目的者，如詩歌傳記小說[illegible]是。是謂狹義。」其他學者所下的文學定義，多[illegible]如牟解，異常分歧。現在略選[illegible]在下面，以供參考：

馮克標準字典(Standard Dictionary of the English Language)說：「文學是寫的[illegible]人類心理綜合而成的出品，這種出品，必有高尚的[illegible]普遍的思想，有適當的[illegible]釋美麗[illegible]有合於藝術的構造。」

惠斯德(Worcester)說：「文學是知識和想像的結果紀錄而保存着的。」

波斯納(Possnett)說：「文學包括的著作，不但是能表現思想的，並且能表現想像的。他的目的，不但教導人與發生一種實際效力的，並且要把一種愉快，給大多數國民的。所以文學是普遍的，不是特殊的學問。」

享特一說：「文學是寫下來的思想的表現。有想像，有感情，有風格，能使普通人類的心理，覺得明瞭，感着有趣，却非專門學藝的形式。」

愛默孫（Emerson）說：「文學是最好思想的紀述。」

（三）中國現時的文學觀念

近來我國很有人注意到文學是什麼的問題，於是便有綜覽西洋各家的定義，與文學必須的條件，擇長捨短，始下一定義，以爲後學的津梁者，如羅家倫施天侔陳鐘凡諸先生之說就是了。茲並述之：

（1）羅家倫說：「文學是人生的表現和反映。從最好的思想裏寫下來的。有想像，有感情，有體裁，有合於藝術的組織。集此衆長，能使人類普遍心理，都覺他是極明瞭極有趣的東西。」

（2）施天侔說：「以美藝運用文字，表現人類心理，精確的狀態者，謂之文章。」

（3）陳鐘凡說：「文學者，人類之想像感情思想，整之以辭藻聲律，使讀者感其興趣洋溢之作品也。」

以上三個定義，尤其以羅家倫說的最値得我們注意。茲使讀者明瞭他的定義起見，將這定義裏所包含的七種文學的要素，簡單地解釋一下：

（一）文學是人生的表現和反映：文學是因人生才有的，若沒有人生，便沒有文學。人生對於現狀有滿意和不滿意的地方，都靠文學表現與反映出來。——表現就是描寫，反映就是批評，前者是客觀，後者是主觀的。

（二）最好的思想：若果說哲學是思想的科學；文學是表白思想的科學。關於思想的發生，杜威氏的思維術有很好的解釋。因爲人類是知覺的動物，有了知覺，便有愛惡的情欲。情欲的發展，遇了困難，便生疑惑，由疑惑遂生出問題，有了問題，遂有思想。這可知思想是人類具有的東西。但思想的好與不好，應該以什麼爲標準？這條問題，很難答覆。我只好勉強地說：「好的思想，就是適應人類生活需要的思想」罷了。這雖似乎是實用主義者的說數，但比較上是最適合於現代文學思潮的。

（三）想像：韓德（Hunt）說：「文章是想像的」。想像是什麼？就是一種不可思議的神秘性。這個神秘性，決不是指浪漫主義或新浪漫主義的作品而言的，乃是指着一切文學本身所具有一種潛隱的力量，不是那樣顯而易見的。我們看一篇小說或一首詩，彷彿中了妖巫的魔術，隨着作品裏所說的哭笑怒罵，不能自主，這便是文學上神秘性的表現了。他感人的力量，好似一枚神異的磁石，任我們是鐵的心，也被他吸了起來。論述一件事，作者總要設身處地以自己的想像，能起他人的想像，才算是眞正的文學作品。

（四）感情：文學是感情的產物，所以大都是眞誠的，必到那不得不發，幾欲迸出的時候，方才按在紙上，作了出來，沒有熱烈的感動，造出來的東西，總是虛僞的。人類的性情沒有一個不變，永遠是一樣的哀樂和愛憎。不能樂的人一些哀也沒有，不能哀的人一些樂也沒有。其領感情所及，「有什麼話說什麼話」這種眞誠性，便是文學裏一個緊要的原素了。

（五）體裁：若果思想想像感情是文學的實質，體裁就是文學的形式。作者性情氣質不同，所以其風格便不同，就發生各種的體裁了。

（六）藝術的組織：思想想像感情體裁種種東西，不能不有藝術的手腕來補助他，這就是文學上的美麗性。美醜原沒有一定的標準的，而且也當隨時代思潮而變遷的。……例如古典主義稱讚花的美麗，到了自然主義時代便以爲花是植物的生殖器罷了！……不過文學的[illegible]正和他的神秘性一樣，是指文學全體而言。無論什麼主義的作品，都有他的美麗性的存在，自然的景色，固然可以令人發生美感，就是一篇東西的結構句法及一切，都能使人感到愉快。如飲酒般的陶醉，細味那芬芳的香冽啦！眞和美本也是分不開的，如果作品不眞誠，即使雕琢，也是僞美。我們看文選派的文章，堆辭疊句，是何等的不自然；再看李白和白居易的詩，何等灑脫不拘！但修飾總是有幾分的。文學好像一個姑娘，塗脂抹粉，固嫌俗氣；蓬頭散髮，也未免難看。中庸之道，便是最好的。

（十一）普遍：文學是民衆的藝術，沒有階級性。所以深奧和纏聯的作品，不能令一般人明瞭，引起他們的興趣，就失去文學的功用。因為文學的最大要素，是喚起人類的同情啦。

這幾種要素，或許是羅先生所下的定義的根據。這種定義，我以為是最完備最確切的，因為至少可令我們知道文學的作用和性質呢！

第二編　新文學與舊文學的區別

第二編　新文學與舊文學的區別

（一）　新文學是現代文學

新舊這種名稱，本來很不妥當。其實「太陽底下，何嘗有新的東西？」新大陸是十五世紀中哥倫布所發見的，但這地面是古來早已存在。地心吸力原則，是十七世紀牛頓所發明的，但這定理古來早已存在。無非以前的人，不能知道，遇着哥倫布牛頓才把牠發現罷了。但是字典告訴我們說：「新者舊之反也。」從字義看來，這新舊兩字是對立的，不是並行的；是反對的，不是順應的。從時間上說：過去的可以叫造舊，現在的可以叫造新。新與舊都是中性的詞（Neutral terms），並沒有好醜的意思；因爲眞理是永遠客觀的存在，沒有時間底限制的。所以從文學方面，勉強劃起界限來，能夠代表現代人類的生活現象的叫做新文學；不能代表現代人類生活的現象的，就叫做舊文學。那名稱是權宜的，並不是固定的。所以「新文學」一名詞，實不及「現代文學」之適當，不過「新文學」已成了社會上人士的口頭禪，我也持着從衆的態度罷了。

（二）　實質的區別

——新文學以現代思想爲核心——

說到新文學的主體，許多人以為便是白話。陳獨秀在武昌文華大學講演「我們為什麼要造白話文」裏說：「現代的精神是「德謨克拉西」(Democracy)……文學的「德謨克拉西」，是白話文。」傅斯年也說：「新文學就是白話文學。」這樣看來，則宋元以來的白話文很多，在今日看來，難道是新文學嗎？施耐庵的水滸傳，曹雪芹的紅樓夢，也許是一種很好的白話小說，難道也是新文學嗎？不！因為牠沒有現代的思想做核心，只能表現五百年前的生活能了。甚至禮拜六派的小說，雖然是現代人用白話寫的，但他只知發揮千餘年來才子佳人的思想，不能表現或反映今日的人生，所以也不算為新文學。因為人類的生活隨時代環境而變遷的，生活的方式既改變，則思想自不能無異。如封建時代的傳統思想，決不能存在於今日的中華民國；而「德謨克拉西」的思想，也不能實現於封建時代，這是人所共知的。白話文不過是文學體裁中的一種，牠是根據某種言語而發展的文字底形式，包含某種特殊的語法詞類與風格。——只可看作發表思想的一種新工具而已。然而這就是新文學與舊文學實質上的區別。

(三)　形式的區別

——新文學以根據造白話文的條件為體裁——

在文學形式上，誰也知道舊文學是用文言寫的，新文學是用白話寫的，可是沒有規矩就不能成方圓；沒有六律，就不能正五音。寫白話文也要有一定的法則。有些人說：『我手寫我口，只要將平時的說話寫出來就是白話文。』試問我們的說話，是否可以字字寫出來呢？這是一個疑問；有些人說：『白話文和從前的文章差不多，不過將「之乎者也」幾個虛字改造「的了啊呢」便算了事。』姑毋論舊式文章不能傳達新思想，即使改換了幾個虛字，是否能夠清淺合度？這又是一個疑問。更有些人提倡歐化的白話文，（見傅斯年著的怎樣造白話文）然而違反了中國民族言語向來的習慣，而完全採用西人的方式是否可以實行，還是很大的疑問。在我看來，比較滿意的仍算胡適建設的文學革命論裏所舉的四條，而這四條又是從他的文學改良芻議的「八不主義」改變而成，現在先把「八不主義」介紹出來：

(一)不做「言之無物」的文字

(二)不做「無病呻吟」的文字

(三)不用典

(四)不用套語爛調

(五)不重對偶——文須廢駢，詩須廢律。

(六)不做不合文法的文字

（七）不摹倣古人

（八）不避俗語俗字

這「八不主義」是專從消極方面着想的。除了第八條關係文詞材料的改變外，其他七條都是修詞的工夫，凡略懂得文章的，都會有這樣的主張，却算不得「文學革命」。後來他又改爲肯定的口氣，總括作四條：

（一）要有話說，方才說話。

（二）有什麼話，說什麼話；話怎麼說，就怎麼說。

（三）要說我自己的話，別說別人的話。

（四）是什麼時代的人，說什麼時代的話。

這四條件自然比「八不主義」精密得多。以上所舉各點，是新文學所具有，而舊文學所無的。舊文學的說話，是裝璜門面的，沒有意志，也要空說的；心理要怎樣說，筆上偏不肯怎樣的，明明要說我自己的意思，却偏要說別人的話；明明是現代的人，却偏要代聖人立言。這種態度和胡適所舉的四條件根本衝突了！再從形式方面而論，舊文學不講究文法，（所謂文無定法）是一種不合論理組織的文字，而他的詞句艱澀，也不容易傳達高深的哲理，最壞的是摹倣古人，抱殘守缺，完全失却藝術作品的創造性，舊文學具有這些缺點，可以說他是死的文學，不切於人生的文學，比之新文學眞是相形見絀了。

第二編　新文學的價值

第三編　新文學的價值

假如這里有人批評白話文的價值，以為總不如文言文：

甲說道：『白話文太繁穢，不如文言文的簡潔；白話文太刻露，不如文言文的含蓄，所以白話文是毫無趣味的。』

乙說道：『白話文今天看了，一覽無餘，明天就丟掉了，斷不能垂諸久遠。文言的文，色澤又美，聲音又好聽，使人日日讀之不厭；所以孔子說：「言之無文，行而不遠。」古人的文章所以能千古不朽者，就是用文言的緣故；所以我們雅人，只要學古；白話的文，由他們俗人作通俗用罷了』。

丙說道：『白話的文，車夫走卒都能讀之；文言的文，非學士大夫不能為。』

我以為甲的主張，不過要製造偽的文章罷了。文章的好壞，不在繁簡，從前顧亭林的日知錄，已經說過，不必再辯。若講到含蓄，要分兩層來說。一對於字句的。作文言文，以為字句句須含蓄，不許直說，所以措詞或用古典，或用古字，造句或務簡短，或求古奧。所以他們必的語，也如識謎的，也有如燈謎的，……矯揉造作，一副假腔，如同做戲的帶了假面具，把眞面目不露出來。到了這種地位。雖有很好的意思，含蓄在內，人家也看不出來了。白話文把眞面目刻露出來，就沒有這種毛病。一對於意思的。做文章時，意思含蓄不露，所謂引而不發，意在言外，令人自己去尋味；若豁然貫通，必如獲了異寶，才是文學的上品。這種好處，不但文言文有，白話文亦有的。

乙的主張，不過要製造「古」的文章罷了。若說白話文不能傳諸久遠，試問尚書中殷盤周誥，多是古代的白話，何以能傳諸久遠呢？況且最古的時代，文章本是代語言的，我們提倡新文學，做白話的文，實在最古的法則。

丙的主張，不過要做「貴族」的文章罷了。須知文學的事業，是要普遍的，總以人的全部分爲標準；若以少數貴族爲標準，就是自私自利。失却了文學的價値！

我本來要說新文學的價値，因爲自新文學運動直到今日，還有不少的人反對白話文，所以我不能不費了許多說話，未曾講到本題，現在始容我將新文學的價値畧舉出來！

(一)容易發表思想：舊文學不依照現代言語，不講究文法，所以每每學了幾十年文章，文字尚不能通順。新文學便沒有這種苦處。因爲新文學的形式，就是白話文，而白話文的構造，和現代通用的言語沒有什麼分別。倘使費了三四年工夫，學會了說話的符號和顯淺的國語文法，也就能夠像說話一般，容易把我們的思想用符號寫出來。心裏有什麼，就發表什麼，沒有舊文學詞不達意的毛病，而且有自然眞切的美妙呢！

（二）容易灌輸智識：舊文學旣不能傳達高深的哲理，且令讀者很難看得明白，好像一種缺乏滋養料，而又不易消化的食物。新文學的詞句顯淺而含理精深，且應用新式標點符號以助讀者了解，好比一種豐富的滋養料，並且易於消化的食物。所以作者的智識很容易灌輸到讀者，而讀者也不要怎樣費力，便能了解作者的意思。那麼，新文學實爲普及教育的利器，今國教育會議的規定小學教科書一律用白話文，是很有理由的。

（三）容易促進文化：中國文化的落後，言文的異致，實爲主要的原因。因爲言文異致，所以識字能文的人很少。要識字要會作文，就要費去無數的光陰。許多學生，念書十多年，入到中學，他們的國文，大概還沒有弄通。不要說做的文是不通，就是通常的信扎，應用的書報，許多還怕看不懂咧文字不過是代表思想的一種工具，通曉一種工具尚且如此困難，更那裏有工夫來研究高深的學術呢？所以要中國文化進步迎頭趕上西洋各國，就不能不從改革文學着手；使文學簡易些一般國民容易學習，容易發表思想，容易灌輸智識，俾得拿十年窗下專修文學的苦功，去研究各種科學。新文學正是適應這些要求，所以過去十年來，新文學的提倡，這是很大的理由。

第四編　新文學的分類

第四編　新文學的分類

關於新文學的分類，意見異常紛歧。這一半由於所定文學的範圍有廣狹，一半由於各人分類時的觀點不同。所以直到現在，還沒有什麼標準。如依最普通的分類文法，分韻文(詩)與散文爲兩大類，則現在的散文詩應放在那一類裏呢？古代的戲曲多用韻文寫，近代的戲曲多用散文寫，那末，在這分類中，戲曲究竟應歸在那一類呢？

(一)　舊文學的文體分類

在舊的時候，文體分類最著名的書：一是文選，一是古文辭類纂，一是經史百家雜鈔：現在列舉之如下：

(一)文選的三十七類：賦，詩，騷，七，詔，册，令，教，文，表，上書，啓，彈事，牋，奏記，書，檄，對問，設論，辭，序，頌，贊，符命，史論，史述贊，論，連珠，箴，誄，哀，碑文，墓誌，行狀，弔文，祭文。

(二)古文辭類纂十三類：論辯，序，跋奏議，書說，贈序，詔令，傳狀，碑誌，雜記，箴銘，頌贊，辭賦，哀祭。

（三）經史百家雜鈔：

- 著述門
  - 辭賦
  - 論著
  - 序跋
- 告語門
  - 詔令
  - 奏議
  - 書牘
  - 哀祭
- 記載門
  - 傳誌
  - 敘記
  - 典誌
  - 雜記

這三部書的分類標準，是偏重形式的，并且太複雜陳舊，不適合於現在的文學。如七，連珠，詔令，奏議，册，教，箴，銘，贊，頌，符命等冏屬過去的廢物不值研究；而且他們的文學觀念，弄不淸楚，把「文」與「學」混，把典制註釋圖解等政治，倫理，哲學，宗教的作品，都算爲文學。後來胡適所作的五十年來之中國文學，以「嚴復林紓的翻譯的文章，譚嗣同梁啓超的議論的文章，章太炎的述學的文章，章士釗一派的政論的文章，爲近二十年來（原文於一九二二年發表）文學史上的中心」。也犯着同樣的毛病。

（二）新文學的文體分類

我們研究新文學的分類標準，形式實質兩方面，均須顧及，不求類別繁多，只求簡要適當。凡已經過去（如詔誥奏議符命等），或現在中國尙未發達（如文學傳記，回憶錄，等）或普通用不着的體裁，都應該不必列入。總之本篇祇是新文學概論，不是文學史，所以一切拿現在中國通行的做標準。茲將新文學分類表列於下：

- 新文學
  - 詩歌
    - 敘事詩
    - 抒情詩
  - 小說
    - 長篇小說
    - 短篇小說
  - 戲劇
    - 話劇
    - 歌劇
  - 散文
    - 小品
    - 文藝批評
    - 雜類

詩歌：詩歌的分類，頗為複雜。（戴渭清呂雲彪的新文學研究法分牠為（一）表感慨的，（二）達情愫的，（三）寓諷刺的（四）有寄託的，（五）描情景的，（六）描景物的。非常繁雜，很不妥當）。現在僅大別之為敘事詩和抒情詩兩類。敘事詩的定義是：「用韻文寫的長篇敘述」，在現在的新詩裏，很不多見。抒情詩是表現個人情感的，觸景生情，借物寄意，現在的新詩多屬這類。

新詩裏面最流行的一種形式還算小詩。這是從來的絕詩受了日本底短歌俳句和泰戈爾底哲理詩的影響而成。更有所謂散文詩，和古文的賦有點相像，有人叫他做白話賦。

小說：小說的分類，拿形式做標準，只有長篇短篇兩種——假使拿實質做標準，有什麼戀愛，言情，社會，冒險，偵探……等一類一類的詳細分別出來，不下數十種，那就繁雜得很。……長篇小說是描寫整個的事實，短篇小說是用最經濟的文學手腕，描寫事實中最精采的片段。但近世小說文學的趨勢，都由長變短，由繁變簡，所以在新文學當中，短篇小說也特別的發達。

戲劇：戲劇在西洋文學裏可分為話劇，樂劇，歌劇三種。中國現在沒有樂劇；歌劇也很少，只有郭沫若黎錦暉歐陽予倩等的幾篇，其餘都是話劇。話劇在西洋有喜劇和悲劇的分別，在中國還沒有這種分限。此外尚有所謂獨幕劇，猶新詩中之有小詩，也頗流行。

文藝批評：是對於文學原理和文藝思潮的研究、在近代文學上，占很重要的地位，所以文學史家，常以批評家與小說家詩人戲劇作家等量齊觀。在中國現在的文壇裏，尤有建設文藝批評底標準的必要。

小品文：從外形底長短上說，二三百字至千字以內的短文，可稱為小品文。我國古代有所謂隨筆，就是小品文的一種。近來在各國，小品文更盛行，大概都是以片段的文字，表現感想或實生活底一部分。牠的內容性質，完全自由，可以叙事，可以議論，可以抒情，可以寫景，絕不受什麼限制，在新文學裏，小品文算一種很發達的文體。

雜類：是以前幾類所沒有收進去的，如尺牘，日記，雜記，演說，傳記，等富有文學價值的都是。

第五編　新文學產生的背景

第五編　新文學產生的背景

縱觀中外文學的變遷，可以看出：都先是由環境上有了變遷，使人們生活的樣法不能不改變，於是更改其方向，而文學遂不得不變其形式。於此可以証明文學和時代的關係；歷史雖是不斷的繼續，而時代自有牠的重心。故一時代有一時代的環境，則一時代有一時代的文學，不能躐等，也不能倒置。溫故知新，由此類推，則現代中國新文學的產生，自有新環境做牠的背景。我們研究新文學的人不可不有相當的認識啊！

（一）國民教育漸漸發達的影響

中國自從維新運動以後，新的思想已深入了有志青年的腦中。如張之洞的勸學篇，頗足以代表當時的思想。他以爲「不變其法，不能變器」，西藝非要，西政爲要。」而「中學爲體，西學爲用」一語，竟成爲一般人的口頭禪了。自此以後，變法維新，已成了公認的潮流，無人敢明白反對了。清政府的維新政策最有效果的要算廢科舉辦學堂一事；不過當時維新的主動力還在民間，因爲政府的變法是敷衍門面的，不徹底的，所以有志之士，都想起來求得新智識，因此「進學堂讀書」和「出洋留學」的風氣，便大興起來了。向來教育是少數「讀書人」的特別權利，於大多數人是無關係的，故文字的艱深不成問題。到了這時，教育便漸漸成爲全國人的公共權利，人人知道普及教育是不可少的，故漸漸的有人知道文言在教育上實在不適用，於是文言白話就成爲問題了。後來有人覺得單用白話做教科書是不中用的，因爲世間決沒有人情願學一種除了教科書以外便沒有用處的文字。這些主張，古文不但不配做教育的工具，並且不配做文學的利器；若要提倡國語教育，先須提倡國語的文學，於是新文學便是這樣產生了！

（二）新文化運動的影响

民國成立以後，大家都希望民主政治能夠建設成功。不幸時局現象一天不如一天，因此從絕頂的政治熱漸漸冷淡下去，結果造成民國三四年政治上的黑暗時代。同時思想上也到復古的時期。袁氏起用了一班昏庸老朽，提倡孔教，定出許多仿古的禮儀來，頒布全國。這種復古運動的極端，便造成了洪憲的帝制。民國六年，袁氏帝制運動雖已失敗，國會雖已恢復，但政治仍然鬧得一團糟，於是大家覺悟西洋文化不特有政治法律而且也有社會倫理，而專注意到思想精神的根本問題上。於是陳獨秀胡適等就出來組織新青年雜誌，反對傳統思想，懷疑中國固有文化，介紹西洋思想，更主張全盤接納西方文化。初時受着舊勢力的壓抑，尙無多大影响。恰好民國八年五月四日發生一次偉大的學生運動。這次運動，是爲巴黎和會中對於山東問題的袒護日本事件而起。當時北京各校學生聯合起來，把親日派外交官吏的住宅搗毀，跟着全城就罷課，跟着全國響應，學生罷課，商人罷市，一致抵制日貨，以爲後盾。受了這次運動的影响，全國青年精神奮發，一年之內出版幾百種白話文的刊物，新文化運動經過這番刺激，就普徧全國」。

文學是傳達思想的工具，思想旣經革新，文學的形式自然發生問題。舊文學徒然注重爛調套語，以越古爲越好。這種死呆的工具，只能傷害求學人的腦力，不合於實際的應用，怎能發揚新時代的思想呢？「工欲善其事，必先利其器。」想把中國弄得好，必須從改革社會做起；改革社會，必須從改革思想着手；改革思想，必須有表現正確思想的工具，大家承認文學是人生的表現和反映，從最好的思想寫下來的。而表現和反映人生最自然的莫過於國語，記載思想最正確的。也莫過於國語。於是「國語文學」就跟着新思潮，適應時代的要求而產生了！這里所謂國語，就是現在我們日用的白話呢！

（三）感受西洋語體文學的影响

大凡一個時代環境的變遷，大多受着外來勢力的影响，令內部的組織不能不變更。我們分析這次新文學運動之所以迅速的成功，固然是由於胡適陳獨秀諸人極力倡導，但其最大的原因，則在於當時的新學者感受西洋語體文學的影响，舊文學的缺點乃大露，再也站不住脚。

這不消說，中國自門戶開放以後，因爲交通日密，所有歐洲的新思想新文化都源源不絕地輸入；同時留學外國的人也就日益加多。從前「秀才不出門，能知天下事」的陋見，至此已不能固守。老實說，環境的變遷，是對於思想有絕大的影響。君士但丁的一般學者逃到意大利的自由都市去，就會發生「新生時代」出來。大哲學家笛卡兒學說的成立，據他自己說，是對於旅行很有關係；因爲他在這國看見認爲天經地義的東西，到那國認爲荒謬絕倫；在那國認爲神聖不可侵犯的東西，到這國認爲一錢不值。他們於是恍然大悟，起了批評的精神。這乃是科學方法中所謂「推廣經驗的範圍，取得比較的材料」。有了比較之後，於是大家方才覺得「相較」絀，「相形見劣」了！那時的留學生，因爲感受了西洋語體的文學影響，便羨慕了歐洲各國言文一致的利便，覺得似乎全世界沒有一個民族的文學和民衆完全隔絕像不幸的中國文學這種樣子，漸漸對於本國的舊文學發生了不滿意，等到胡適陳獨秀豎起了「文學革命」的旗幟，他們就隨聲附應。所以首倡新文學的不在研鑽故紙的老先生，而在乎兼通西籍的新學者呢！

（四）　新文學運動

以前文學的演進，是無意識地新陳代謝，緩步徐行。他們作白話詩詞小說都是因爲一時的高興，並非有意的主張。現在的新文學運動是有意的提倡，他們的作白話文是各有動機的。有些為着適應新思想和新學術的需要，有些則羨慕歐洲各國言文一致的便利，有些則要速謀教育的普及，他們想以白話文做文學的正宗，奪取文言文的位置，這種行爲，他們自稱爲文學革命。這革命的先鋒，就是胡適。他於民國六年一月在新青年二卷五號發表他的文學改良芻議，接着在二卷六號就有陳獨秀的文學革命論。次年胡適在新青年四卷四號又有建設的文學革命論，都是攻擊舊文學的缺點，建設一種「國語的文學」以代替之。後來周作人更在新青年五卷六號明白地提出「人的文學」的觀念來了，把「思想革命」「文學革命」合在一起講。這是新文學運動中最有力量的理論。更有錢玄同罵文言爲桐城謬種，選學妖孽。最値得注意的，就是兩個學術界的大權威者，蔡元培與梁啓超，都無條件的傾向新文學的主張，增加力量不少。但當時的白話文，只引起林紓，嚴復，胡先驌，章士釗，梅光迪，吳宓等的反對，猶未能普及全國。到了五四運動，青年受了內亂外侮的刺激，改造國家社會的心日切，求知慾也愈盛，新的出版物——雜誌，報紙、教科書等——驟增，皆採用白話，以順潮流而謀通俗，白話文因此就傳布得很快。故民國九年，教育部頒布國民學校一二年國文改爲國語之令，到了民國十一年小學完全改用國語，新文學運動到了那時才告一個段落。

總之，新文學是根據新時代的要求。新時代底環境思想的特種矛盾和衝突，直接引起了種種的苦悶，掙扎，懷疑的精神，；間接釀成種種革命改造的運動，文學變成普遍心理的要求，也認爲改造社會的重要工具。舊文學失却時代的信仰，新文學自然應運而興。文學是時代的寫眞，也是社會生活的救濟，新文學爲適應這兩種要求而來，就不得不完成這兩種使命而去。

第六編　十年來的中國新文學作品

第六編　十年來的中國新文學作品

中國的新文學到現在已經差不多有十多年的歷史了。民國六年一月，胡適在新靑年雜誌發表了一篇文學改良芻議，這是新文學運動的第一礮；這一礮雖不厲害，但却是新文學運動底萌芽。所以新文學的歷史應該從這一年算起。然而，這以後的四五年裏，新文壇的主要活動，仍是理論的鬥爭而不是文藝的創造。在文學革命運動的初期，這是必然的現象。至於那時純文藝的創作如詩歌戲劇小說等，雖然有不少的人在寫，但成績總是不大高明。那時的詩歌固然不能擺脫舊詩詞的影响，小說亦還帶着「禮拜六派」的腔調；至於戲劇，不但試作的人很少，而且簡直寫得不成東西。所以從這樣看來，那時的作品，不過是作者的熱忱和勇氣的表現罷了。講到成熟的新文藝作品，還要在民國十年以後才產生出來呢！

（一）十年來的新詩

（1）嘗試時期

胡適在美洲所做的白話詩，還不過是稍爲洗刷的文言詩，這是因爲他還不能拋棄那五言七言的格式，故不能盡量地表現白話的長處，後來錢玄同指出這種缺點，胡適方才放手去做那長短無定的白話詩；同時沈尹默，周作人，劉復，傅斯年等也加入試驗。他們的作品，都是感染舊詩詞的影响很深，而不受其格律的束縛。故所作往往音節響亮，意味深長。這是初期詩壇的特色。

胡適的嘗試集。新詩的作品，第一本是嘗試集，這本詩集流行最廣，負名最盛，其實流毒也很深。他自認為「白話新詩」的老鴉，希望，樂觀，上山等十四篇，完全不能算是詩。他提倡新詩的苦心可佩服；但嘗試集確招人口實了。他於嘗試集之後，便沒有作詩了。

康白情的草兒。這本詩比胡適的新詩好些；但他的好處，只在遊記和寫景詩。其實草兒裏的「點名册」，「功課表」還很多哩。他後來也不作新詩了。

俞平伯有冬夜，西還，憶三集之外，尚占有雪朝之第三集。俞詩所長者也在寫景；但聲調造句，未免生硬；加以又好說理，有些詩嚕嚕、嘛嘛翻來覆去的說話，令人生厭。

周作人的過去的生命，算是膾炙人口了！他在民國十年寫過一篇論日本詩歌的文章，介紹了一些日本的短歌。那時正是新詩人彷徨尋求新形式的時候，一旦發現了有種格式的詩，眞是喜出望外，於是紛紛的做起這種詩來了。所以這本過去的生命，也都表現着日本俳句的影响呢。

汪靜之的蕙的風，寂寞的國，他的詩多是贊頌自然，歌詠戀愛。他不肯去做捶鍊的工夫，所以無精細的藝術；但經胡適等一吹，便聲價十倍，其實也是嘗試派的高足罷了！

劉復有揚鞭集，瓦釜集。前者大都是從舊式的詩詞脫胎出來的，而後者雖不能免此毛病，但已畧具新體詩的雛形了。

（2）興盛時期

新文學運動以來，新詩最興盛的日子是民國十一年至十四年。現在所有的新詩集，十之七八是這時期內出版的。這時期的雜誌副刊，以及各種定期或不定期刊物上，大約總少不了一兩首「橫列」的新詩，以資點綴，大有茶樓裏「應時美點」之慨。恰巧在民國十二年印度詩哲泰戈爾到中國來，在大家的眼裏是成爲救世主般的人物，因爲泰戈爾指示給他們一條光明的大路（？），此後他們只要提得起筆，是不愁做不出詩來的了。所以這一個時期，詩風確是大盛。

在這個時期，第一部有價值的詩集要算女神了。作者郭沫若確是天才！他的胸中蘊有火熱的願望，「創造，革命」是他終日念念不忘的。他的作品有豐富的想像，熱烈的情緒，和反抗環境的精神。女神之後，還有星空，瓶，前茅，恢復等，但格調雖較爲熟練整齊，氣魄之雄厚則稍遜女神了。

除了沫若之外，還有毀滅的作者朱自淸。他的詩除蹤跡一部分外，收爲雪朝第一集。量雖不多，却字字是作者「心的傷害」的表現，詞句秀麗，而聲調如春風吹桃枝，眞是精心之作。劉延陵，徐玉諾兩人也是「雪朝派」的表表者。劉詩（雪朝第七集）含有豐富的想像力，能把自己的感情與眼前的景物溶成一片；徐玉諾的詩，數十日寫成的將來的花園，不講一些聲調，不獨無詩的形式，卽詩的精神也沒有，隨口胡謅幾句，寫在紙上，就當作詩。在我看來，這樣的文字，在小說裏面都要說是拙劣極呢！

「哲理詩」「小詩」的盛行，很受泰戈爾的影響，女詩人謝冰心的繁星，春水是最明顯的例。她的詩如粉片玉屑，詞句綽約可愛；但多像格言，除愛慕母親與孩童的情感以外，眞「是冰心」般的冷了。和冰心彷彿似的有宗白華的流雲，他的詩雖有自然的聲調，飄逸的詞句，然只是「概念與概念的聯絡」罷了！（成仿吾：詩之防禦戰。）

梁宗岱的晚禱，王統照的童心。二人的詩差強人意。同是細膩的雕琢的作品。而梁以想像勝，汪以情感勝。

悲歌慷慨的劉大白，也喜歡做富有情韻的小詩，他的詩集有舊夢和郵吻。

李金髮有微雨，食客與凶年，爲幸福者而歌。他以美術家而兼詩人，所以他的思想是深沈的，詩也是隱晦的，然而有時却流於怪僻，這就不能令我們滿意。

陸志韋的渡河，用浙江的方言寫的。他的長處在於描寫方面，但富於理智，所以渡河裏很少含情豐富的作品。

（3） 變化時期

最近新詩的趨勢，就是格律要求齊整。（一）由長短不齊的詩句，歸到一定字數的詩句。（二）由沒有一定形式的詩節音律，變到有一定形式的詩節音律。（三）由無韻脚而回到有韻脚。

在這新詩變化的時期裏，第一個異軍突起的就是徐志摩，他運用西洋詩的格式與韻律來作詩。作者才華綺艷，藝術純熟，所著志摩的詩和翡冷翠的一夜寫得很美，情感也豐富。

又有王獨清，他的聖母像前，獨清詩選等集，是在法意兩國之間所謳吟的詩集，充滿了熱烈又悲哀的氣息，和諧而瀏亮的調子，高妙而豪逸的風格，峻潔而藻麗的姿態。

于賡虞有晨曦之前，緜麗深切，字句與音韻，都是捶鍊出來的。同時穆木天的旅心，都是從這方面努力。

民國十五年四月徐志摩聞一多（他的紅燭，死水，用韻自然，確有許多藝術成熟的作品。）朱湘（他的草莽集，字句華麗，却不亢放。）劉夢葦（受楚辭的影响，求格律舖叙，有些地方極其雄渾，有些地方畧現勉強。)饒孟侃，梁實秋等出了一個詩鐫，想提倡創造新的音韻，新的形式與格調。所謂新的韻律：(一)是用韻，(二)每行字數均等，(三)行間節拍調勻。他們取法於西洋詩的地方，比取法於舊詩詞的地方多。這種趨勢，在田漢，徐志摩等的詩中，已逐漸顯露，詩鐫只出至十一期便止，所以他的影响不大。詩鐫同人雖能獨創一種形式，但沒有好的情緒，只注意形式方面的創造，形式到底不會活的，於是新詩中衰之勢，便一天一天地顯明了！

(二) 十年來的新劇

(1) 討論時期

新文學運動初期，一般人談到戲劇改革問題，就有幾種分歧的意見；一派以爲舊劇根本要不得，絕無改良的餘地。一派以爲話劇是販來的東西，決不能代替固有的藝術。當時新青年和陳大悲一般人都猛烈地攻擊舊劇，除掉在報紙雜誌發表文字以外(主要的是北京晨報副刊和新青年)還有中華戲劇協社出版的戲劇，一方面去譯西洋的劇本，一方面來創造話劇。戲劇經過這番運動之後，新劇就這樣產生了！

(2) 嘗試時期

新劇之傳到中國來，起初不是有目的有計劃有系統的介紹，只是部分的採取。這樣殘缺不全，遂成了一種畸形的東西——就是所謂「文明劇」。陳大悲便是直接承受文明劇的人，他自從在新中華戲劇協社出版了一種戲劇之後，再同蒲伯英組織人藝戲劇專門學校，後來因爲學校內部分裂，而外面又被人陰圖破壞，沒有留下什麼成績就消滅了。不過當時直接應這個運動而起的有胡適，熊佛西，侯曜……等，他們大都是淺薄的觀察者和嘗試者，只成就了一些未成熟的倣製品而已。

（3） 新劇興盛時期

民國十二年以後，新劇可算是由嘗試時期轉入興盛時期了。不幸初時的作品都嫌教訓的氣味太濃，藝術的成分太少，無論在扮演或閱讀方面，都不能博得智識階級的歡迎，因此經過一度風行之後，便爲智識階級的厭棄了。最近幾年來，乃有建設在藝術基礎上的話劇運動。如戲劇協社，南國社，狂飇社，辛酉劇社等，都是很努力的戲劇團體。那時的劇作家，總括起來，可以分作四派：

（A） 社會問題劇作家

熊佛西：他的作品有新聞記者，新人的生活，這是誰的錯，青春的悲哀，洋狀元，一片愛國心。長城之神……等。他能捉住社會中日常生活的一些離奇動人的事體做題材，以引起觀衆的趣味，可算新劇作家不可多得的一個。

侯曜：他的作品有復活的玫瑰，山河淚，棄婦……等。藝術非常薄弱，沒有離奇巧妙的結合，又沒有宣傳思想的話頭，只是慣於把死傷爭鬥之類事件，直接刺激觀衆，而缺乏技巧和聰明，所以不能令人動情。

蒲伯英：道義之交，濶人的孝道。是用一種粗劣諷刺來攻擊社會，可惜他沒有瞭解藝術，沒有強的表現力，不能利用他的優點來創造好的藝術作品。

胡適：終身大事。這劇本的內容枯窘得很，無論對話動作人物的描寫。都非常笨拙累贅而且可笑。他雖是一個提倡新劇的有力者，但他沒有創劇的天才，所以他的作品就這樣糕糟。

（b） 教訓劇作家

郭沫若：他的作品有三個叛逆的女性，孤竹君之二子。他創作的劇本受了很重的日本文學影响，往往喜用歷史做劇材，但他的特質又不在於歷史，而在於發表的教訓，從大體上說來，他不失爲許多作者中較有力量的一個。

陳大悲：他的作品有幽蘭女士，不如歸，英雄與美人，父親的兒子，維持風化，良心，虎去狠來……等。他在新劇史裏是個開山祖，他開闢了道路便不再進行，而同時在他開闢的道上留下許多荊棘妨害後來的人。他的作品裏教訓的氣味太濃厚，不能博得智識階級觀衆的欣賞，只好扮演給無智識的羣衆去看罷了。其末流乃變爲文明戲。這就是他留下來的荊棘。

教訓劇的作品，還有歐陽予倩的潑婦，洪深的趙閻王，貧民慘劇，汪仲賢的好兒子等。他們作品的特色是徹底的社會思想，含有宣傳意味的教訓，官感的刺激，趣味的創造，是沒有表現人生，傳達眞正的情緒，而只是訴之於感覺感情的。所以他們的藝術不算成功。

（C）感傷劇作家

田漢：他的作品有咖啡店之一夜，午飯之前，獲虎之夜，落花時節，鄉愁等。咖啡店之一夜，是許多劇本中較爲忠實，較爲努力的作品，也是他從前幾個劇本中較值得看的一篇。他的作品有時含有人道主義者似的教訓色彩，又有時却表現感傷的趣味。但他的作品有點枯燥笨拙，有時太零亂，有時太單調。他後來續作湖上的悲劇，蘇州夜話，古潭的聲音，名優之死，顫慄，第五號病室，南歸，黃花岡……等，詞句比較漂亮，思想也畧進步，意味也很濃厚。至最近他傾向於普羅文學，則這種作風又改變了。

白薇女士：她也是一個色彩很顯明的感傷劇作家。他所作的琳麗，訪雯。琳麗是西瀅在閒新舊稱為中國作品裏最好的十部之一，而訪□也是小說月報的編輯鄭重地介紹過的。最近她又有一部打出幽靈塔在奔流月刊發表；這劇頗合於民衆劇場排演，可作宣傳利器。但冗漲得很，還不及從前的作品；她很聰明，更會充分地借引諸物，但因此而離藝術之途太遠了！總之無論如何，我們不能在她的作品裏，找得一點很好的藝術東西。滏的話，恐怕太吹牛了。

郁達夫：我們無論在他的什麼作品裏，總會見他衰弱和淺薄的呻吟聲。這是墮落的感傷。他的一個獨幕劇孤獨者的悲哀，就是充滿這種感傷的色彩。

（D）詼諧劇作家

丁西林：他的作品有一隻馬蜂，酒後，親愛的丈夫，壓迫。那些都是諧劇。他技藝的純熟和手段的狡猾，沒有別個能趕得他上。漂亮的字句和情節，也很得民衆歡迎。他的題材多採取日常含有趣味的瑣事；而且利用男女間尚未徹底的瞭解和互相隱存的神秘。所以他的劇本能滿足人們虛偽的卑劣的慾望，這便是作者寫劇本最主要底目的了。

後起的徐葆炎（作品有受戒，惜春賦，結婚之前日。）；陶晶孫（作品有黑衣人，尼庵，盲腸炎，）楊晦（來客）尙鉞（我錯了）曹靖華（恐怖之夜），余上沅（白鴿，兵變），成仿吾（歡迎會），張資平（軍用票），王統照（死後的勝利），王獨清（楊貴妃之死），還有富有舞台經驗的作家歐陽予倩，芙有歌劇潘金蓮，劉三妹，桃花人面等。這些作家，都是近年來在新劇的創作上有點成績的。但不能說是建設在藝術上之作。

（三）十年來的小說

民國初年以四六派小說最佔勢力，（如徐枕亞的玉梨魂，余之妻；吳雙熱的孽冤鏡；李定夷的美人福，定夷五種等。）繼而黑幕派小說代之而興，（如李涵秋的廣陵潮；畢倚虹的人間地獄；張春帆的九尾龜；朱瘦菊的歇浦潮；包天笑的上海春秋等。）其後一變為禮拜六派（如小說大觀，小說世界，紅雜誌，紫羅蘭等。）這些小說，除了模倣與抄襲外，只能介紹西洋的下乘小說。（如福爾摩斯探案等罷了。其缺点有三：（一）記賬式的敘述；（二）沒有確定的人生觀及觀察人生的深烱眼光和冷靜的頭腦，（三）缺乏藝術的忠誠——消遣的，拜金主義的文學觀念。）

文學革命以後，中國小說起了重大的波瀾，初有文學研究會的組織，以介紹域外作風與整理中國小說為宗旨，主張「語體文歐化」。民國九年七月，沈雁冰，鄭振鐸等主編小說月報，乃有改革的宣言。新小說的創作就在這時候發達了。文學革命以後的小說多半是短篇的，最近二四年來方才有長篇小說出來。這可見文學的經濟，和文學自身的進步，很有密切的關係。並且說到十年間，以小說的成績最美滿，亦以小說的作品為最多。我們在這裏不能夠盡量地介紹，眞是很可惜的，現在祗舉一部分較為知名的作家來談談，請先從女作家說起。

（1） 女作家

冰心女士（謝婉瑩）以純粹的詩人赤子之心，提起一枝珊瑚似的筆，來寫母親與孩子的愛，來寫海的生活，她的小說幾乎就是詩。然而，她不是拿小說為消遣的東西，乃是用發揮自己的眞理底工具；但她的作品有三點可以批評：（一）表現力強而想像力弱，（二）理智富而情感分子薄，（三）字句雖美麗，體裁並不大雅。她的小說集超人，往事，南歸，都是表現最優美溫馨的女性風調。讀了她的作品，幾疑此身不在人間。

廬隱女士的小說則與冰心很不相同，他喜歡寫戀愛，所作有海濱故人，歸雁，雲鷗情書集，曼麗。她的文字也很美麗，感情熱烈；可見她的生活過程和遊戲人間的人生觀。我們看她的曼麗，便可以見到一種悲哀的情調與抑鬱的感傷，為作者初期所未能發揮出來的。她覺得「悲哀才是一種美妙的快感，因為悲哀的纖維是特別的精細。」她是體驗過去生活上悲哀的歷刧，和命運不幸的播弄，才能這樣誠實地抒實出她的苦悶。

沅君（馮淑蘭）的蕣施所表現的一部份是基於慈母的愛，與情人的愛底衝突上。春痕是多情女子寫給情人的五十一封情書。却灰是合若干篇風格不同題目各異的作品而成。善於描寫女性美和富麗而温柔的境地，與醉迷享樂的生活，有如一幅生動的繪畫。

丁玲女士是女作家中後起之秀，著有在黑暗中，是以莎菲女士日記躍登了文壇的。她的作品以善於寫女性心理見稱。細膩確是細膩的，但有時太細膩了點；如果少細膩些，多清楚些，那就更好了。最近發表了長篇小說韋護和一九三〇年春上海，前者簡直是失敗了，作者企圖寫那樣的人物，然而讀者所得到的印象却並不這樣；後者是始終現出精神散漫的情態，始終沒有抓住讀者之注意的力量。然而她的作品能夠超越女性文學的溫柔，而用很工細深入的筆，大胆地抒寫兩性間的心理，這就是作者的特長處。

冰瑩女士祇寫過一部從軍日記；就題材而論，這是中國文壇上從來不曾有過的作品。她在革命前線的女兵生活中，寫出了革命青年(在這里是女性的)底澎湃的熱情，是眞切自然而又誠摯的。其中革命意識之強烈，時代氛圍氣之濃厚，都使比書成爲一九二七年中國革命鬥爭底最可重視的紀念作品。

此外綠漪女士(蘇雪林)的棘心，陳衡哲的小雨點，凌淑華的花之寺及女人，陸晶淸的素箋，皆爲不可多得的女性文學。

（2）男作家

短篇小說的作者最早而可贊賞的是魯迅。從第一篇狂人日記至阿Q正傳，都收在吶喊裏，幾乎每篇都有一種新形式，有些帶着地方色彩，（如故鄉，社戲，孔乙己等篇。）有些帶着自然主義的色彩，（如狂人日記，阿Q正傳，風波等篇。）有些帶着象徵主義色彩，（如不周山，兔和貓等篇。）作者筆鋒尖利，目光銳敏，又不滿意於社會的現狀，所以有驚人之筆。其第二集彷徨，描寫深刻，佈局謹嚴，可以見出他更加努力，筆鋒更尖利，諷刺力更深奧而含蓄，內心的火焰更猛烈了。彷徨比吶喊進步的地方有三點：（一）由露骨的譏笑，而入於敦厚的諷示；（二）由熱情的叫喊，而入於傷感的吁嘆；（三）由事實的描寫，而入於心理的刻畫。

如果我們說魯迅的作品是帶着中國式的面孔，則創造社諸作家的作品是帶着西洋式或東洋式的面孔了。創造社的重要人物郭沫若底作品塔，落葉，漂流三部曲，橄欖，水平線下等，在格調與技巧上都顯出西洋小說的影响，但這正是他的特點之一。他的小說大多是自敘性質的；因為是自敘性質，所以往往感傷的情調過於濃厚，過於顯露，而才子名士式的浪漫氣概也往往鑽出頭來。一九二六年以後，他的思想畧有轉變，但在創作上並無若何努力。我的幼年，反正前後，黑貓雖是這個時期中的作品，舊日的氣息是仍然未消滅的。

其次就是最受青年歡迎的作家郁達夫，所著有沉淪，蔦蘿集，寒灰集，雞肋集，過去集，日記九種，迷羊等。他描寫永遠是一個傷感而煩惱的病態青年的叫喊，最能激動青年的同情。但他的小說大多是自叙的，並且窮酸的牢騷氣太多，頹廢的色彩太深，所以遺害青年不少。論他的天才，確令人佩服，文字亦清新流利，若行雲流水之自如，能吸引讀者的觀念，其作品自然要風靡一時了。

張資平的小說是最喜歡寫性慾的，但他缺少感傷的情調和牢騷的態度。所以有一種實事求是的樣子。他專長於描寫三角戀愛，是現在最受青年歡迎的一個創作家。這也難怪：他知道以男女青年作主人公，以封建的社會作背景，以怪變的故事作題材，這在敏感的現代青年看來，當然是覺得其味無窮了。因此雖然文字脆弱，結構鬆亂，千篇一律，也不妨。他的著作很多，單單長篇小說就差不多有二十種之多了。其初期所著寫的除夕，不平衡的偶力，飛絮，苔莉，尚不失為佳作；後來專門粗製濫造，如最後的幸福，青春，素描種種，愛的渦流一類的作品，則完全沒有藝術的價值了。

葉紹鈞是一位誠篤樸實而努力不懈的作者。所著有隔膜，火災，稻草人，線下，城中，未厭集，倪煥之等。他所寫的，大概是社會的普通現象，是一位寫實主義的作家。作品多而絲毫不草率，處處細細琢磨。描寫細膩暢達，沒有一篇不是精心之作。尤其他最近寫成的長篇小說倪煥之，以一個小學教員之生活及思想的轉變爲中心，而從側面寫出自「五四」至「五卅」的時代的，是他最有意義的創作。

茅盾（沈雁冰）的文筆雖不如葉紹鈞的細密，然就其整個的作風說，則比葉氏更活潑而美麗。他的三部傑作——幻滅，動搖，追求——是在一九二八年震動了中國文壇的。幻滅是描寫革命前夕的亢昂興奮，和革命既到面前時的幻滅；動搖是描寫革命鬥爭劇烈時思想和行爲的動搖；追求是描寫一般青年不甘寂寞，尙思作最後的追求。這都是作者「眞實地去生活，經驗了動亂的中國最複雜的人生的一幕，終於感得了幻滅的悲哀，人生的矛盾。在消沈的心情下孤寂的生活中，而尙受生活執着的支配，想以我的生命的餘燼，從別方面在這迷亂灰色的人生內，發一星微光，。」（茅盾：從牯嶺到東京）。以描寫技巧論，他都用弛緩迂迴的調子，致力個性的描寫和心理的分析，兼有纏綿幽怨和激昂奮鬥的情緒，結構大體謹嚴精鍊，這是代表時代精神的作品。最近寫成的野薔薇，虹，三人行等，都是寫作者理想的典型人物，所表現的時代性也濃厚。

許欽文是個多產的作家，毛線袜，趙先生的煩惱，鼻涕阿二，西湖之月，回家，幻象的殘象，蝴蝶，若有其事，一罈酒等，他最能描寫新的時代的青年，處於舊家庭舊社會的不自然的心理，其次寫貧民勞動界的狀況也很好。觀察雖像是略淺薄，但別有一種奇突滑稽的風格。

沈從文作小說極多，可以說是一位最努力的短篇小說作家。他的作品，取材的方面甚廣，寫實的情調濃厚，但優劣很不一律。所著有鴨子，雨後，蜜柑，入伍後，從文甲集，從文子集等。

王統照的短篇有湖畔兒語，鐘聲，兩個頭顱的擺動等。都很有精彩處，文字細膩，內容明瞭。他的長篇一葉，也是一篇好的作品，但全篇由幾個故事串插而成，修辭也不十分講究，這是美中不足之處。

韋衣萍的情書一束，是幾篇戀愛小說，所描寫的雖是「浪漫」，但文字尚流利可愛，最近他寫了一篇友情，則作風又似乎有點改變了。

許傑的小說，除飄浮集以外，散見各刊物，如慘霧，臺下的喜劇，隱匿，芽菜與小牛，醉人的湖風，子卿先生，剿匪等篇。令人把弄不忍釋手的；因為他帶了濃重的現代色彩，和田園風味，以誠實的態度觀察人生，雖然他眼中所看見的多是灰色的人生，也使我們多多瞭解灰色人生的悲哀。

汪靜之的耶穌的吩咐，其文字清淡雅潔，已自可人；其事實又似乎逼眞，其胆量也是可欽佩的。

老舍（舒慶春）的老張的哲學，趙子曰，二馬也是長篇的傑作，筆墨滑潤，描寫逼眞刻骨，可見作者的天才與學力。

落華生（許地山）的小說是表現自己思想的，（間或描寫社會狀況）含有教訓的性質。筆墨酣暢淋漓，頗耐玩味。

孫席珍的戰場上善寫戰爭及士兵生活，到大連去，金鞭及長篇鳳仙姑娘都有寫實的作風。前兩個短篇集含有一種爽利鬆脆的風味，是往往顯出清新的逸致的；尤其是到大連去，在風格和技術上都比其他的作品要優美而且純粹些。

此外還有自立一種風格者，如羅黑芷，高長虹，馮炳文，楊振聲，滕固，章克標，金滿城，葉鼎洛，葉靈鳳，黎錦明，王以仁，倪貽德，施蟄存，胡也頻，徐霞村，周全平，胡雲翼，彭家煌，李健吾，巴金，蹇先艾，趙景琛，劉大杰，曾樸，徐蔚南，王魯彥，杜衡，厲廠樵，劉吶鷗等均有作集流行於時。

（3）新興的普羅文學派

最近的國民革命運動，是一個暴風驟雨的變動時代。人們的思想，信仰，以至一切文物制度，社會，都發生動搖和崩壞。最值得我們注意的。就是中國新文壇發生了很大的變動。在一九二八年，有班作家（創造社的嫡系）自號爲「革命文學家」的普羅文學派就興起了。不過在他們的作品裏，我們往往得不到這一種感覺。他們的作品還是「新興」的東西，所含的熱情每每只是口號與演講之雜合物，所寫的題材只是一些膚淺的觀察。因此寫法大多是一樣，所寫的題材也大多是一樣，深刻的觀察，嚴密的思索，技術的修練，在這些作品裏幾乎是找不到的。所謂「意識者」結果眞反而成爲有「意」而無「識」了；對於創作尤其是如此——雖是有意作小說，却顯然是不識小說爲何物。這一類創作的缺點，陳勺水在樂群上的論新寫實主義就已經指摘得很清楚。這很轟動過的「新潮」，到現在竟沒有留下一部有生命的作品，其原因也許就在這里呢！

當時著名的作家有蔣光慈，錢杏邨，龔冰廬，洪靈菲，楊邨人……等。但寫得算好的只有蔣光慈（即從前寫少年飄泊者，鴨綠江上的創造社作家蔣光赤。）其次寫得較好的是龔冰廬，這是炭礦夫及黎明之前的作者。

（四） 十年來的散文

（1） 小品文

近十年來的中國散文，最可注意的發展，乃是周作人等提倡的「小品文」。這一類的小品，用平淡的談話，包藏着深刻的意味。這種作品的成功，就可徹底打破那「美文不能用白話」的迷信了。如周作人所著雨天的書，談龍集，談虎集，澤瀉集，永日集等雖只記日常生活，却很美麗，信筆寫來，自成妙趣。他所辦的語絲大部分是這樣的文章，如魯迅，川島，半儂，江紹原等都長於寫這些閒話文章。我尤愛讀魯迅的熱風，墳，華蓋集，而已集，野草，朝華夕拾等散文集。其好處在於(一)冷雋的句子，(二)挺峭的格調，(三)含蓄半露的諷刺，(四)敏銳的感覺，(五)沉默的觀察。如果說文學應當是「時代的反映」的話，那末他這些小品雜感裏所反映的時代，是比他的創作小說還多着呢。

徐志摩有落葉，自剖，巴黎鱗爪。他的小品文，簡直是散文詩，字句的美麗與流暢，成了一種特殊的作風，處處都表現着他的聰明靈巧，只可惜有點兒「濃得化不開」呢！

孫福熙的山野掇拾，歸航，北京乎等都是畫家所寫的小品文。如圖畫的速描，或漫畫一幅幅地現在我們的眼前，令人流連不忍去。徐蔚南王新甫合作的龍山舊痕，也是這樣的作品。

落華生的空山靈雨是幾十幅心理的漫畫。據他自己說是：「在睡不着時，將心中似憶似想的事，隨感隨記……積時累日，成此小册。」有的像寓言，三言兩語，精巧玲瓏，自是可人。

朱自清的小品文背影及蹤跡之部分，是表現自己的作品，字句綺麗，情趣含蓄。章衣萍的櫻花集，古廟集，枕上隨筆，窗下隨筆等，寫得很有趣，文字亦清新流利，却是散文作品裏不可多得之作。

冰心女士的小品則似乎比她的詩與小說更勝一籌。特以文字晶瑩和風度溫柔見長，彷彿其文中有詩有畫。她的寄小讀者，便是以這種特色爲讀者所歡迎的。

學昭女士(陳學昭)的倦旅，烟霞伴侶，寸草心。她的作風，抒思有如詩歌，對於事物的同情和悲哀，足引人感動。她的近作南風的夢是自述滯留法國生活的經過，不但富於異國情調的描繪和歌詠，且有關於戀愛故事，極婉轉盡致的描寫。

同時女作家中還有作綠天的綠漪女士。她的小品文寫得很美，確是後起之秀。

此外如川島的月夜，鄭振鐸的山中雜記，鍾敬文的荔枝小品，西湖漫拾與未寄的情書，俞平伯雜拌儿，孫伏園的伏園遊記，林語堂的翦拂集，鄒韜奮的小言論，梁遇春的春醪集，芳草的苦酒集，金溟若的殘爐集，野渠的憶巴黎，厲庵樵的拉矢吃飯及其他等作也很可觀。

(2) 文藝批評

這十年來批評人家作品的却也不算少，但多數是黨同伐異的「罵人」非評論也。胡懷琛的嘗試集討論，算是最初評論新文學的出版物了。惟其嘗試集是無聊的；所以討論者更無聊；況且他在那裏咬文嚼字，那一句「的」字該去了，那一句的「這」字應改「那」字，這樣的文評，不是味同嚼蠟嗎？

冬夜草兒評論，算是平允的文評，作者聞一多，梁實秋自己還懂得詩。後來一多評女神，實秋評春水，繁星，也言之有當；但不過是看面子上說話罷了！

周作人著有自己的園地，是他自己欣賞文藝作品之後，得了天啓似的發爲言論，他的目的，不是指摘他人。這正是聰明人的辦法，也是正當的辦法。

創造社裏的成仿吾，他專作批評論的文章（著有使命）他是精明果斷的人，說出話來有些重量；但意氣過盛，近於「罵人」派的評論者。更有錢杏邨的現代中國文學作家，簡直是黨同伐異，「互相標榜，大言不慚，造作名字，掩滅前輩，可爲世道慨。」（借用楊升庵語。）

× × × × × × × × × × × × ×

以上是十年來的中國新文學作品，此外關於現時學者的長篇文學論文，因不是純文學的範圍；譜譯又不能算我人的創作，則恕不在這裏加以講述了。

第七編　新文學的危機

第七編　新文學的危機

（一）新思潮衰落的影响

自新思潮爆發到現在，約莫已有十多年了。「十年前事幾番新，」其變化之速，千頭萬緒，眞是一言難盡。然從大概看來，新思潮似乎已到了一個衰落時期。這種觀察，或許是我的神經過敏，杞人憂天；可是事實已經告訴我們，現在的局面，確是如此。回憶四五年前的農工運動，青年運動，婦女運動，……如火如荼，何等發達？到了現在，已經匿跡銷聲。「反帝國主義運動，已成了一種犯法的運動；「革命青年到處，有被殺戮的危險。」（見郭昌錦：最近五年來中國革命運動），許多政治社會思想，已成了反動的學說；許多新文學的書籍，都被禁售了。新思潮最大的罪案，是有意或無意地，曾把共產主義介紹進中國來，社會的秩序被牠弄到不可收拾，其結果演成殺人放火的慘劇。懲前毖後，痛定思痛。在這個反共時期，對於新思潮就不能不限制了。矯枉過正，也是無可如何的事情。同時國學的空氣，瀰漫全國。各大學爭先恐後地設立國學門，或國學系，各雜誌也紛紛置國學欄，大家莫不引爲大事。一切舊禮教倫理舊觀念的復興，不但超過五四運動以前，簡直是超過了康梁維新以前。我上文說過　文學是隨時代環境而變遷的」，「新文學既跟着新思潮而來，是否隨着新思潮而衰滅。」這是很值得我們注意的問題呢。

（二）　文學革命家「開倒車」的流弊

新文學運動的成績，我們用歷史眼光看來，在這樣短小的期間，我們原不能對新文學抱過分的希望。只要我們循序漸進，不入迷途，我們的成功，原可預計。不幸我們的先鋒隊中，多數缺乏文學的天才，甚至不懂文學爲何物，所以他們最初便把我們帶上迷途了。他們開闢了道路，便不再進行，而同時在這道路上留下許多荊棘妨害後進者，歸根起來，眞不能不歸咎於我們的前導者。

文學革命的目的，重在改造國民思想。胡適的文學改良芻議曾經聲明八事：（一）曰須言之有物，（二）曰不作無病之呻吟，（三）曰不用典，（四）曰不用套語爛調，（五）曰不講對仗，（六）曰須講求文法，（七）曰不摹倣古人，（八）曰不避俗語俗字。但是我們一翻現在的出版物，文法精通，不令人作嘔的文字，都不多有。就形式上論，有人說不過加了一些乱用的標點，與由「之乎者也」變爲「了的呵呢」；就內容論，有人說不過加了一些極端抽象的語言，如「生之花」，「愛之海」之類，其實表現的能力愈趨而愈弱，比之舊文學不過換湯而不換藥，這未免令人失望了。我們的作家大多數是學生，有些尚不出中等學校的程度，這固然可以為我們辯解，然而他們粗製濫造，毫不努力求精，卻恐無辯解之餘地，我們現在每天所能看到的作品，雖然是報紙雜誌堂堂皇皇替他們登出來，可是在明眼人眼裏，只是些赤裸裸的不努力。作者先自努力不足，所以大多數還是論不到好醜，最厲害的有把人名錄來當做詩，把隨便的兩句話當做詩的，那更不足道了。大抵年輕的學生，不知天高地厚，徒以多多發表為榮，原是有的。然而我們新文學的眞價值，便多少不免為他們所湮沒了。

胡適與陳獨秀同為新文學的先導者，但他們都是有始無終，半途而廢，這眞是新文學的厄運。胡適是哲學家漢學家而為文學革命的健者。白話文之成立，他的功勞居多；新詩的成立，也是他的功績。雖然他文學革命的旗幟和規條，俱得之章實齋；然而我們不能不佩服他的大胆和遠識。他對於文學改革的幾篇文章，有傳之永久的價值。不過他沒有文學創作的天才，他的嘗試集（詩）一個問題。（小說），終身大事。（劇），都非成功的作品，但出版最早，流傳甚廣，許多初學者，奉以為軌範，那就流毒不淺了。

文學不是輕氣養氣可以拿來隨便試驗，胡氏未有充分的準備，而以文學為嘗試，這是根本上的錯誤。後來他自己覺得「此路不通行」，轉向「整理國學」那條路跑，那便更糟了！胡氏比之復古主義的國學家大不相同，但他是新文學的領導者，舉足重輕，胡氏既已中途變節，文壇便失了重心，他的高足弟子俞平伯，康白情，也先後步其後塵，而附驥的愈多了。國故學遂與新文學分道揚鑣，而文學界就大受其影響。

陳獨秀以共產主義者而兼文學革命家，功不在胡適之下。新青年爲文學革命的總機關，全由他一手創始，他以爲東西思想，決不能拼合，非捨彼即捨此，決不可抱折中態度，他對於中國和外國文學的意見也如此。現在文學作品多爲歐化語體，都用西洋名詞，都是受了他的暗示；他自己沒有文學作品，但他對於文學的論文，却在文學史上不可磨滅。可惜後來他爲了主義而拋棄文學，專事宣傳；新青年因此，變爲宣傳社會主義的機關報，而且又停刊了。後來創造社那班人。受了他的影響，扯起革命文學的旗幟，千篇一律地宣傳其「無產階級專政」，大倡「一切文學皆是宣傳」的謬論；一般好時髦的青年，受了他的蒙蔽，以爲胡說幾句，加上些口號和標語，便算濫製極好的「革命文學」，這是何等容易的事情。趨易避難，人的常情，於是從之者愈衆，而粗作之風愈盛，新文學還有什麼價值呢？

（三） 新文學自身的缺點

「物必先腐也然後蟲生之」，新文學衰落的原因，除了環境惡劣之外，新文學自身，也有許多地方難以令人滿意，新文學作家，不能不負相當的責任。因爲他們多數不肯下艱苦卓越的工夫，以膚淺的現象爲滿足。凡是一種新東西，到中國來沒有不加上一層中國舊式的色彩，弄到「四不像」而後已。譬如現在新文學作品之中，受了西化影响，思想精密，文法謹嚴固不少；但就大多數而論，其中輕佻，誇大，謾罵，武斷，籠統，空泛，不合邏輯；吟風弄月的遊戲態度，怨春傷秋的傷感色彩——那一點不是中國舊思想的流露。甚至有些新文學作家連蕭伯納，哈提，高爾基是什麼人，也不知道。至若世界哲學和政治思潮的趨勢怎樣，更不必問了。文學家應該做時代的先驅，他的感覺應該比一般人敏銳，他的觀察應該比一般人精確，如果他的思想不能與時俱新，他的作品便貧弱空虛了。那麼，現在多數新文學作家犯了這些毛病，也是新文學的危機裏一個偌大的原因呢！現在就把他們作品裏的缺點來說說：

（A） 新詩的危機

在新詩初興的時候，已經有許多人懷疑，胡適在一九一九年寫的談新詩裏說：

「只有國語的韻文，——所謂新詩，——還脫不了許多人的懷疑。……」

「許多人的懷疑，」（即使贊成『國語的散文』的人也在內）。這是實情。但止是一個潛勢力，尚未打出鮮明的旗幟。直到一九二二年正月學衡出版，才有胡先驌評嘗試集一文。系統地攻擊新詩，但他的立場是「古學主義」，逆着時代而行，故似乎並未發生什麼影響，隔了一年即新文學家自己也有非難新詩的聲音，而且愈過愈多，如成仿吾新文學之使命（創造週報一號）說：『最厲害的有把人名錄來當詩，隨便兩句話當做詩，那更不足道了』。又在詩之防禦戰（創造第一號）明白攻擊胡適，康白情，俞平伯，周作人，徐玉諾的新詩，幷欲推倒周作人介紹日本和歌俳句而成的小詩，及宗白華，冰心效法泰戈爾而作的哲理詩。對於小詩的攻擊，鄭伯奇新文學之警鐘（創造三十 號 ，也有同樣論調。到了一九二三年九月便有郭沫若出來主張「文藝上的節產」（創造十九號）他雖非專論新詩，新詩自然佔着重要的地位。然這些還只是箴新詩之失，更有人進一步懷疑新詩的存在，如白話小說和戲劇作家丁西林，他是個根本反對新詩的人，在一隻馬蜂裏，有一段巧妙的對話，藉着吉先生的口譏諷新詩，

「她們都是些白話詩，既無品格，又無風韻，傍人莫明其妙，然而她們的好處就正在這個上邊。」

四五年前青光曾登載過一首「攻擊新詩」的詩：

「新詩破產了，

什麼詩，簡直是

囉囉嗦嗦的講學語錄，

瑣瑣碎碎的日記簿，

零零落落的感慨詞典。」

在「四面楚楚」當中，新詩中衰之勢，一天天地顯明，雜誌上報紙上漸漸減少了新詩的登載。——許多刊物用舊詩詞來補白，用新詩的，竟是鳳毛麟角了。——即使偶然登載，讀者也不一定會看，零零落落的幾行，也會跨了過去，另尋有趣的題目；而出版家因新詩的銷路不好，不敢任意收受新詩的稿，把牠印出來，免至虧本。許多新詩作家爲了經濟關係，（文人多是窮困的）不能不改作小說或小品文字，以冀得點稿費，維持生活。因此，新詩的創作愈少，而詩壇愈冷落，現在這種情形，眞有不堪回首之嘆！

（B）新劇的歧路

近代戲劇是碰巧走到中國來的。他們介紹了一位社會改革家——易卜生。碰巧易卜生曾經用寫劇本的方法宣傳過思想，於是要易卜生來，就不能不請她的「問題劇」——「傀儡之家」「群鬼」

，「社會的柱石」等等了。第一次認識戲劇既是思想方面認識的，而第一次的印象又永遠是有威權的，所以這先入爲主的「思想」，便是戲劇的第一個條件。劇作家又利用這點來宣傳社會主義。因此，把思想當作劇本，又把劇本當作戲劇，所以縱然有了能演的劇本，也不知道怎樣在舞會上表演。更有一般人模倣歐劇，採納西洋思想；漸而一切動作和言語也變成歐化。然而動作是我們日常社會所常見的動作，言語是我們日常的言語，演起劇來，才能引起興味。倘若一味模倣或翻譯歐劇，一般無外國文學素養的人，看來便覺無甚意味，一則她們句句倣歐文的體例，倣歐文的結構，並且組織過繁，只少數專門研究過外國文的人，才能領會，而大多數不能直接看外國文的人，總是味同嚼蠟罷了。這樣看來，此後的新劇，豈不是專讓文學家去看嗎？新劇有這樣情形，豈不是走差了路！所以中國現在的新劇不發達，也未始不是這種原因。

在另一方面，則有余上沅趙太侔等提倡「國劇運動」。她們覺得新劇太歐化，要提倡根本上由中國人用中國的材料去演給中國人看的「中國劇」。可是她們走不上正軌，天天說保存「國粹」，舊劇便借着狡猾的好看的面具，想要用「國劇」這樣一個動聽的名字，來盜竊戲劇的地位。所以「國劇運動」，似不是一條新路，反而有「開倒車」退化的危險。

（C）小說的缺點

（1）太摹倣歐美近代作家：現在中國的小說名家，如郭沫若，達夫等多摹倣法俄日三國近代小說作家的作風。劉半儂說：「小說家最大的本領有二：第一是根據眞理立言，自造一種理想世界，第二是各就所見的世界爲繪一維肖維妙的小影。」做小說同做詩一樣，要有充分的魄力和發明力，把自然界據爲己有，不能單靠飾美力和敷陳力，從摹倣一方面做去，只知杜撰，不去實地觀察，摹倣沒有什麼用處，好的小說，決沒有從摹倣得來的，這點新小說家應該注重。

（2）偏於描寫戀愛：近來出版的小說，十之九是描寫戀愛，以迎合青年心理而廣銷塲；所以趙祖抃中國文學沿革一瞥有「戀愛以外無思想，情人以外無文章」之嘆。社會生活許多可作小說的題材，若專取戀愛，未免太狹，便易陷於千篇一律之弊了，（這也許是紅樓夢，花月痕一類舊戀愛小說，支配現在青年作家和讀者太利害的緣故）。

（3）冒牌作品：中國人有一種通病，便是新詩流行的時候，什麼文字都叫做新詩，小說流行的時候，便什麼文字都叫做小說，如魯迅是一個萬人崇拜的小說家，他的吶喊對於青年的影響很大，而其中件小一事，鴨的喜劇，頭髮的故事幾篇，都是隨筆，不能認爲小說，像這樣魚目混珠，新小說家尤宜切戒。（魯迅的第二集「彷徨」，佈局較爲謹嚴，篇篇都是純粹的短篇小說，已免去這種毛病）。

(1) 散文的迷途

小品文是以趣味為中心的文藝，語絲派最長於此。我們對牠有一点批評：(1)他們的態度是遊玩的，不誠實的；(2)他們常把自己沒入於瑣碎的現象，而以感着所謂趣味為目的，他們不能把一個個的現象整個的全體觀察，所以他們的態度非藝術的。

疲倦後一時的優遊，長途上一時的駐足，對於這些，趣味常有生理上更新的效力；然而假使長期的晏安，這便是永遠的墮落。我們知道鴉片有一時興奮的效力，但是朝夕與牠接近，可使你成為一個煙鬼。凡所謂趣味都是這樣的，所以趣味文學為新文學路途上的一個迷途陣！（對於「懶惰」和「欲速」的人，牠確是一種較為相宜的體製，這也許是小品文發達的原因）。

這幾年來批評新文藝的作品，散見於報章雜誌者大約有四種：(1)介紹的批評，(2)糾正的批評，(3)印象的批評，(4)破壞的批評。許多新文學家似乎很努力於文藝批評，但到底不曾走上批評的正軌，不是誤解批評的本旨，便是附和時代潮流。如近來所謂「文學介紹」，都沒有精湛的瞭解與嚴謹之選擇，不明白時代的缺乏與民衆的需要，甚至自己也不明白自己講的話，只會吹牛，把「最偉大」「最有價值」等形容詞來形容他所介紹的作品，好像非如此不足以表示其使命的重要，與眼光之高遠；其實這種浮誇的態度，只是顯露他的眼光狹陋與其對於別項藝術的愚昧而已。所謂糾正的批評，也不免意氣用事，吹毛求疵，專注意糾正一字一句一文之謬誤，罕能糾正一派或一般人的謬誤思想或主張，到底不算上乘的批評。印象的批評，是近幾年來最時髦的批評，甚至許多人認為文藝批評的唯一正則。其特徵有二：第一是沒有標準，第二是沒有系統。因為沒有標準，故其評論只是以一己之好惡，一時的喜憎，而有所抑揚；因為沒有系統故，其批評只是東鱗西爪，一枝半葉的批評，缺乏全體的比例，與透視的觀察。最壞的還算「破壞的批評」，他們要求極端的自由，盡量的個人主義，打破一切標準，這種無限制的破壞，是不包涵一點的建設底希望的。

近年來的批評文字，太過貧乏薄劣，這是無庸隱諱的現象。在混沌紊亂的時代，批評是不可少的。我們要知道，文藝批評，不僅是字句推敲，乃是人類判斷力的一種活動，牠有哲學的基礎，牠有人生的眞義。我們擁護批評，便不能不建設標準；這個標準無論是採自西洋文藝批評，或從中國的文學裏演繹歸納而成，必要是固定的普遍的以人性為本。中國舊文學的觀念，雖不可恢復；純粹的西洋底標準，亦不見得合用，我們必須建設一個新的文學標準，否則不足以言文藝批評。

復常態

第八編　怎樣改進新文學

第八編　怎樣改進新文學

現在新思潮雖是逆流，「然這只是暫時的現狀，不久便可恢復常態。」（徐慶譽先生語）我們的前途仍抱樂觀。不過新文學的危機，已成無可諱言，而新文學自身的缺點，我也指摘不少。但是作者本人，幷非反對新文學，我相信中國文學確有改革的必要，並且希望中國新文學重新向建設的路途前進，可是我不贊成文學革命，只在形式上的改變，只是白話與文言的問題而已。誠然，「死文字決不能產生活文學」，故我們想做一種活文學，必須用白話來做文學的工具，這決不是等於說「以白話做文章，就是新文學」，我們知道文學必須有了新思想爲其內容，才有價值，才算是眞正的新文學。所以，我以爲今後去改進新文學的途徑，第一，須創造新的思想，第二須具下列三種的精神與態度：

（一）忍耐的精神——有人說中國人歡喜趨易避難，所以近年來的科學少有人學，稍易的哲學，便有不少的，而最易的新文學，便滔滔者天下皆是了。這種議論本來錯得不成話；然而却也可見一般青年的心理。他們先存了個容易的觀念，加以輕於嘗試的心思，於是粗製濫造，日出不窮，文學作品自然愈新愈壞了！大凡優美的文學作品，都需要悠久的涵育。創作的初稿，只是作者一時靈感底輪廓的速寫，非經多次的修飾，不能完成美的自我的表現。如哥德所作的浮士德從二十歲做起，到八十二歲才成功。可見當作者靈感來時，很少立時卽可完成其藝術，都應經過相當時間的修鍊。所以做文學決非比科學哲學爲易，而文學家也應有忍耐和靜謐的慧心，新文學的創作者如果缺乏這種精神，就很難望其有偉大的作品了。

(二)研究的態度——茅盾在追求裏說：「……十七八時要改造社會，二十七八時與社會推移三十七八時跟住社會背後，四十七八時從後面拉住了社會。」中國新文學家成爲時代的落伍者，不是因爲世界變得太快，實因爲他們缺乏的向上進取的人生觀，和不肯努力研究新文學的結果。倘若他們肯努力，充分體驗人生，從讀書中求創作，從創作中求眞理，糾正以往種種的謬誤，重新向建設的路途前進。那末，新文學將來的收獲，自然有很大的希望。

(三)到民間去——新文學旣跟着新思潮而來，現在却隨着新思潮而衰落，這可見新文學自己力量的薄弱了。究其原因，是由於作者和讀者，各踞着一個世界，彼此膜不相關。新文學運動的激刺，雖喚醒了少數的青年和智識階級，而對一般民衆，簡直沒有影响。他們的動作差不多帶了些機械性，馬馬虎虎在生命的潮流裏漂泊着，他們的要求，祗想刺激下疲倦的神經，在幻想裏換一換單調的生活；還有大部份，只求在茶餘酒後添一些閒話的資料；所以他們對於讀物的態度，不願有深入的欣賞，祇願浮光掠影地在表面上盤旋一下子。假令在表面上，他們得到了異常的快意的有刺激性的興奮劑，他們就高興起來了。這一份讀物，就成了大家的恩物。於是小報，劍俠傳，等等，都不脛而走遍全國了。熱心新文學的先知先覺，只會喊着：「沉睡的人們該醒了！我們是時代的先知，潮流的領導者，你們跟我們的旗幟走向光明的大道去呀！」他們所得到的響應，恐怕只有自己的迴聲，於是他們焦燥了，抱怨人羣的冥頑不靈，因而專做憤世嫉俗的文章，以發洩他們的脾氣，而他們的作品愈離開民衆了。他們既不去幹些平民教育工作，提高民衆欣賞藝術的程度；又不實際去體驗人生，抓住民衆的生活來描寫給他們以同情的安慰。而且他們所用歐化的文體和語法，（如革命文學家常用的「布爾喬亞」，「印貼利更進亞」，「意德沃羅基」等）都非民衆所能瞭解。所以從前新文學努力所得的報酬，永遠是淡漠。因此「我以為想改進新文學，令到白話文學成為根深蒂固的正統文學，非「到民間去」不可！

總之，十年來的新文學運動收獲不豐，固然很難令我們滿意；但是我們在困難挫折中，已經得了不少的教訓。「前事不忘後事之師」，我們倘能努力改進下去，未始不是我們的新希望！「此路未必不通行」！忍耐罷，奮勇罷，青年的文學家喲！光明已在我們的前頭了！

重要參考書：

戴渭清等編：新文學研究法，趙景深：近代文學叢談，王世棟：新文學評論，陳鐘凡：中國文學批評史，羅家倫：什麼是文學，羅家倫：近代中國文學思想之變遷，朱維之：最近中國文學之變遷，王治心：十年來中國新文化運動之結果，朱維之：十年來之中國文學，培良：中國戲劇概評，胡適：五十年來之中國文學，胡適：白話文學史，胡雲翼：中國文學史，梁實秋：近年來中國之文藝批評：郭沫若：文藝上的節產，唯予：新思潮與新文學，華侃：十年來的中國文學。

第九編　附錄新文學雜論

（一）文學雜論

文學改良芻議（轉錄六年一月新青年二卷五號）

胡適

今之談文學改良者衆矣。記者末學不文，何足以言此。然年來頗於此事再四研思，輔以友朋辨論，其結果所得，頗不無討論之價值。因綜括所懷見解，列爲八事，分別言之，以爲當世之留意文學改良者一研究之。

吾以爲今日而言文學改良，須從八事入手。八事者何。

一曰，須言之有物。

二曰，不摹倣古人。

三曰，須講求文法。

四曰，不作無病之呻吟。

五曰，務去爛調套語。

六曰，不用典。

七曰，不講對仗。

八曰，不避俗字俗語。

一曰須言之有物。　吾國近世文學之大病，在於言之無物，今人徒知「言之無文，行之不遠」，而不知言之無物，又何用文爲乎。吾所謂「物」，非古人所謂「文以載道」之說也。吾所謂「物」，約有二事。

（一）情感。　詩序曰「情動於中而形諸言。言之不足，故嗟嘆之。嗟嘆之不足，故永歌之。永歌之不足。不知手之舞之，足之蹈之也。」此吾所謂情感也。情感者，文學之靈魂。文學而無情感，如人之無魂，木偶而已，行尸走肉而已。（今人所謂「美感」者，亦情感之一也）。

（二）思想。　吾所謂「思想」蓋兼見地，識力，理想，三者而言之。思想不必皆賴文學而傳。而文學以有思想而益貴。思想亦以有文學的價值而益貴也。此莊周之文，淵明老杜之詩，稼軒之詞，施耐菴之小說，所以夐絕千古也。思想之在文學，猶腦筋之在人身。人不能思想，則雖面目姣好，雖能笑啼感覺，亦何足取哉，文學亦猶是耳。

文學無此二物，便如無靈魂無腦筋之美人，雖有穠麗富厚之外觀，抑亦末矣。近世文人沾沾於聲調字句之間，既無高遠之思想，又無眞摯之情感。文學之衰微，此其大因矣。此文勝之害，所謂言之無物者是也。欲救此弊，宜以質救之。質者何？情與思二者而已。

二曰不摹倣古人。　文學者，隨時代而變遷者也。一時代有一時代之文學。周秦有周秦之文學，漢魏有漢魏之文學。唐宋元明有唐宋元明之文學。此非吾一人之私言，乃文明進化之公理也。卽以文論，有尚書之文，有先秦諸子之文，有司馬遷班固之文，有韓柳歐蘇之文，有語錄之文，有施耐菴曹雪芹之文，此文之進化也，試更以韻文言之。擊壤之歌，五子之歌，一時期也。三百篇之詩，一時期也。屈原荀卿之騷賦，又一時期也。蘇李以下，至於魏晋，又一時期也。江左之詩流爲排比，至唐而律詩大成，此又一時期也。老杜香山之「寫實」體諸詩（如杜之石壕吏，羌村，白之新樂府，）又一時期也。詩至唐而極盛，自此以後，詞曲代興。唐五代及宋初之小令，此詞之一時代也。蘇柳（永）辛姜之詞，又一時代也。至於元之雜劇傳奇，則又一時代矣。凡此諸時代，各因時勢風會而變，各有其特長。吾輩以歷史進化之眼光觀之，決不可謂古人之文學皆勝於今人也。左氏史公之文奇矣。然施耐菴之水滸傳視左傳史記，何多讓焉。三都兩京之賦富矣。然以視唐詩宋詞則糟粕耳。此可見文學因時進化，不能自止，唐人不當作商周之詩，宋人不當作相如子雲之賦。卽令作之，亦必不工，逆天背時，違進化之跡，故不能工也。

旣明文學進化之理，然後可言吾所謂「不摹倣古人」之說。今日之中國，當造今日之文學。不必摹倣唐宋，亦不必摹倣周秦也。前見國會開幕詞，有云，「於鑠國會，遵晦時休。」此在今日而欲為三代以上之文之一證也。更觀今之「文學大家」。文則下規姚曾，上師韓歐。更上則取法秦漢魏晉，以為六朝以下無文學可言。此皆百步與五十步之別而已，而皆為文學下乘，卽令神似古人，亦不過為博物院中添幾許「逼眞贋鼎」。而已，文學云乎哉。昨見陳伯嚴先生一詩云。

濤園鈔杜句，半歲禿千毫，所得都成淚，相過問奏刀。萬靈噤不下，此老仰彌高。胸腹回滋味，徐看薄命騷。

此大足代表今日「第一流詩人」摹倣古人之心理也。其病根所在，在於以「半歲禿千毫」之工夫作古人的鈔胥奴婢。故有「此老仰彌高」之嘆。若能洒脫此種奴性，不作古人的詩。而惟作我自己的詩。則決不致如此失敗矣。

吾每謂今日之文學，其足與世界「第一流」文學比較而無愧色者，獨有白話小說一項，（我佛山人，南亭亭長，洪都百鍊生三人而已）。此無他故，以此種小說皆不事摹倣古人（三人皆得力於儒林外史，水滸，石頭記，然非摹倣之作也，）而惟實寫今日社會之情狀。故能成眞正文學。其他學這個學那個之學古文家，皆無文學之價值也。今之有志文學者。宜知所從事矣。

三曰須講文法。　今之作文作詩者，每不講求文法之結構。其例至繁，不便舉之，尤以作駢文律詩者爲尤甚。夫不講文法，是謂「不通」。此理至明，無待詳論。

四曰不作無病之呻吟。　此殊未易言也。　今之少年往往作悲觀。　其取別號則曰「寒灰，」「無生，」「死灰。」其作爲詩文，則望落日而思暮年，對秋風而思零落，春來則惟恐其速去，花發又惟懼其早謝。此亡國之哀音也。老年人爲之猶不可，況少年乎。其流弊所至，遂養成一種暮氣。不思奮發有爲，服勞報國，但知發牢騷之音，感歎之文。作者將以促其壽年。讀者將亦短其志氣。此吾所謂無病之呻吟也。國之多患，吾豈不知之。然病國危時，豈痛哭流涕所能收効乎。吾惟願今之文學家作費舒特(Fichte)作瑪志尼(Mazzini)而不願其爲賈生，王粲，屈原，謝皐羽也。其不能爲賈生，王粲，屈原，謝皐羽，而徒爲婦人醇酒喪氣失意之詩文者，尤卑卑不足道矣。

五曰務去爛調套語。　今之學者，胸中記得幾個文學的套語，便稱詩人。其所爲詩文處處是陳言爛調。「蹉跎」「身世」「寥落」「飄零」「蟲沙」「寒窗」「斜陽」「芳草」「春閨」「愁魂」「歸夢」「鵑啼」「孤影」「雁字」「玉樓」「錦字」「殘更」……之類，纍纍不絕。最可憎厭。其流弊所至，遂令國中生出許多似是而非，貌似而實非之詩文。今試舉一例以證之。

「熒熒夜燈如豆，映幢幢孤影，凌亂無據。翡翠衾寒，鴛鴦瓦冷，禁得秋宵幾度。么絃漫語，早丁字簾前，繁霜飛舞。裊裊餘音，片時猶繞柱。」

此詞驟觀之，覺字字句句皆詞也。其實僅一大堆陳套語耳，「翡翠衾」「鴛鴦瓦」用之白香山長恨歌則可，以其所言乃帝王之衾之瓦也，「丁字簾」「么絃」皆套語也。此詞在美國所作，其夜燈決不「熒熒如豆，」其居屋尤無「柱」可繞也。至於「繁霜飛舞，」則更不成話矣。誰曾見繁霜之「飛舞」耶？

吾所謂務去爛調套語者，別無他法，惟在人人以其耳目所親見親聞所親身閱歷之事物，一一自己鑄詞以形容描寫之，但求其不失真，但求能達其狀物寫意之目的，即是工夫。其用爛調套語者，皆懶惰不肯自己鑄詞狀物者也。

六曰不用典。 吾所主張八事之中，惟此一條最受友朋攻擊。蓋以此條最易誤會也。吾友江亢虎君來書曰。

「所謂典者，亦有廣狹二義，餖飣獺祭，古人早縣為厲禁，若並成語故事而屏之，則非惟文字之品格全失，即文字之作用亦亡。……文字最妙之意味，在用字簡而涵義多。此斷非用典不爲功。不用典不特不可作詩，幷不可寫信。且不可演說。來函滿紙「舊雨」「虛懷」「治頭治腳」「舍本逐末」「洪水猛獸」「發聾振聵」「負弩先驅」「心悅誠服」「詞壇」「退避三舍」「無病呻吟」「滔天」「利器」「鐵證」……皆典也。試盡抉而去之，代以俚語俚字。將成何說話。其用字之繁簡，猶其細焉。恐一易他詞，雖加倍蓰而涵義仍終不能如是恰到好處，奈何？……

此論極中肯要。今依江君之言，分典爲廣狹二義。分論之如下。

(一)廣義之典非吾所謂典也。　廣義之典約有五種。

(甲)古人所設譬喻，其取譬之事物，含有普通意義，不以時代而失其效用者，今人亦可用之。如古人言「以子之矛攻子之盾」。今人雖不讀書者，亦知用「自相矛盾」之喻。然不可謂爲用典也。上文所舉例中之「治頭治腳」「洪水猛獸」「發聾振聵」……皆此類也。蓋設譬取喻，貴能切當，若能切當，固無古今之別也。若「負弩先驅」「退避三舍」之類，在今日已非通行之事物，在文人相與之間，或可用之，然終以不用爲上。如言「退避」千里亦可，百里亦可，不必定用「三舍」之典也。

(乙)成語　成語者，合字成辭，別爲意義。其習見之句，通行已久，不妨用之。然今日若能另鑄「成語」亦無不可也。「利器」，「虛懷」，「舍本逐末」，……皆屬此類。此非「典」也，乃日用之字耳。

(丙)引史事　引史事與今所論議之事相比較，不可謂爲用典也。如老杜詩云「未聞殷周衰，中自誅褒妲」，此非典也。近人詩云「所以曹孟德，猶以漢相終」。此亦非用典也。

(丁)引古人作比　此亦非用典也。杜詩云「淸新庾開府，俊逸鮑參軍」，此乃以古人比今人，非用典也。又云「伯仲之間見伊呂，指揮若定失蕭曹」。此亦非用典也。

(戊)引古人之語　此亦非用典也。吾嘗有句云「我聞古人言，艱難惟一死。」又云「嘗試成功自古無。放翁此語未必是。」此乃引語，非用典也。

以上五種爲廣義之典，其實非吾所謂典也。若此者可用可不用。

(二)狹義之典，吾所主張不用者也。　吾所謂「用典」者，謂文人詞客不能自己鑄詞造句以寫眼前之景，胸中之意，故借用或不全切，或全不切之故事陳言以代之，以圖含混過去。是謂「用典」。上所述廣義之典，除戊條外，皆爲取譬比方之辭。但以彼喩此，而非以彼代此也。狹義之用典，則全爲以典代言。自己不能直言之，故用典以言之耳。此吾所謂用典與非用典之別也。狹義之典亦有工拙之別。其工者偶一用之，未爲不可。其拙者則當痛絕之。

(子)用典之工者。　此江君所謂用字簡而涵義多者也，客中無書不能多舉其例。但雜舉一二，以實語言。

（1）東坡所藏仇池石，王晉卿以詩借觀，意在於奪。東坡不敢不借，先以詩寄之，有句云「欲留嗟趙弱，寧許負秦曲。傳觀愼勿許，間道歸應速。」此用藺相如返璧之典何其工切也。

（2）東坡又有「章質夫送酒六壺，書至而酒不達」，詩云：「豈意青州六從事，化爲烏有一先生」。此雖工，已近於纖巧矣。

（3）吾十年前嘗有讀「十字軍英雄記」，詩云：「豈有酖人羊叔子，焉知微服趙主父，十字軍眞兒戲耳，獨此兩人可千古。」以兩典包盡全書，當時頗沾沾自喜。其實此種詩，儘可不作也。

（4）江亢虎代華僑誄陳英士文有「未懸太白，先壞長城。世無鉏霓，乃戕趙卿。」四句；余極喜之。所用趙宣子一典，甚工切也。

（5）王國維詠史詩，有「虎狼在堂室，徙戎復何補。神州遂陸沈，百年委榛莽。寄語桓元子，莫罪王夷甫。」此亦可謂使事之工者矣。

上述諸例，皆以典代言。其妙處。終在不失設譬比方之原意。惟爲文體所限，故譬喩變而爲稱代耳。用典之弊，在於使人失其所欲譬喩之原意。若反客爲主，使讀者迷於使事用典之繁，而轉忘其所爲設譬之事物，則爲拙矣。古人雖作百韻長詩，其所用典不出一二事而已。（北征，與白香山悟眞寺詩，皆不用一典。）今人作長律則非典不能下筆矣。嘗見一詩八十四韻，而用典至百餘事。宜其不能工也。

（丑）用典之拙者。　用典之拙者，大抵皆衰惰之人，不知造詞，故以此爲躲懶藏拙之計。惟其不能造詞。故亦不能用典也。總計拙典亦有數類。

（1）比例泛而不切，可作幾種解釋，無確定之根據。今取王漁洋秋柳一章證之。

娟娟涼露欲爲霜，萬縷千條拂玉塘。浦裏靑荷中婦鏡，江干黃竹女兒箱。空憐板渚隋堤水，不見瑯琊大道王。若過洛陽風景地，含情重問永豐坊。

此詩中所用諸典無不可作幾樣說法者。

（2）僻典使人不解。夫文學所以達意抒情也，若必求人人能讀五車之書。然後能通其文，則此種文可不作矣。

（3）刻削古典成語，不合文法。「指兄弟以孔懷，稱在位以曾是，」（章太炎語）是其例也。今人言「爲人作嫁」亦不通。

（4）用典而失其原意。如某君寫山高與天接之狀。而曰「西接杞天傾。」是也。

（5）古事之實有所指，不可移用者，今往往亂用作普通事實。如古人灞橋折柳，以送行者，本是一種特別土風。陽關渭城亦皆實有所指。今之懶人不能狀別離之情，於是雖身在滇越，亦言灞橋，雖不解陽關渭城爲何物，亦皆言陽關三疊，渭城離歌。又如張翰因秋風起而思故鄉之蓴羹鱸膾。今則雖非吳人不知蓴鱸爲何味者，亦皆自稱有「蓴鱸之思」。此則不僅懶不可救，直是自欺欺人耳。

凡此種種，皆文人之下下工夫。一受其毒，便不可救。此吾所以有「不用典」之說也。

七曰不講對仗。　排偶乃人類言語之一種特性，故雖古代文字如老子孔子之文，亦間有駢句。如「道可道，非常道，名可名，非常名。無名天地之始，有名萬物之母。故常無，欲以觀其妙。常有，欲以觀其徼」此三排句也。「食無求飽，居無求安，」「貧而無諂，富而無驕。」「爾愛其羊，我愛其禮。」此皆排句也。然此皆近於語言之自然。而無牽強刻削之迹。尤未有定其字之多寡。聲之平仄詞之虛實者也。至於後世文學末流。言之無物。乃以文勝。文勝之極，而駢文律詩興焉。而長律興焉。駢文律詩之中非無佳作。然佳作終鮮。所以然者何？豈不以其束縛人之自由過甚之故耶？（長律之中。上下古今，無一首佳作可言也）。今日而言文學改良，當「先立乎其大者」不當枉廢有用之精力於微細纖巧之末。此吾所以有廢駢廢律之說也。即不能廢此兩者，亦但當視為文學末技而已，非講求之急務也。

今人猶有鄙夷白話小說為文學小道者。不知施耐菴曹雪芹吳趼人皆文學正宗，而駢文律詩乃眞小道耳。吾知必有聞此言而却走者矣。

八曰不避俗語俗字。　吾惟以施耐菴曹雪芹吳趼人為文學正宗，故有「不避俗字俗語」之論也。（參看上文第二條下）蓋吾國言文之背馳久矣。自印度佛書之輸入。譯者以文言不足以達意，故以淺近之文譯之，其體已近白話。其後佛氏講義語錄尤多用白話為之者。是為語錄體之原始。及宋人講學以白話為語錄，此體遂成講學正體。（明人因之）。當是時，白話已久入韻文，觀唐宋人白話之詩詞可見也。及元時，中國北部已在異族之下。三百餘年矣。（遼金元）此三百年中，中國乃發生一種通俗行遠之文學。文則有水滸，西遊，三國之類，戲曲則尤不可勝計。（關漢卿諸人，各著劇數十種之多。吾國文人著作之富，未有過於此時者也）。以今世眼光觀之，則中國文學當以元代為最盛，可傳世不朽之作，當以元代為最多。此可無疑也。當是時，中國之文學，最近言文合一。白話幾成文學的語言矣。使此趨勢不受阻遏。則中國幾有一「活文學出現」，而但丁，路得之偉業，（歐洲中古時，各國皆有俚語，而以拉丁文為文言，凡著作書籍皆用之。如吾國之以文言著書也。其後意大利有但丁（Dante）諸文豪，始以其國俚語著作。諸國踵興，國語亦代起。路得(Luther)創新教，始以德文譯舊約新約。遂開德文學之先。英法諸國亦復如是。今世通用之英文新舊約，乃一六一一年譯本，距今才三百年耳。故今日歐洲諸國之文學，在當日皆為俚語。迨諸文豪興，始以「活文學」代拉丁之死文學。有活文學而後有言文合一之國語也。（幾發生於神州。不意此趨勢驟為明代所阻。政府既以八股取士，而當時文人如何李七子之徒，又爭以復古為高。於是此千年難遇言文合一之機會，遂中道夭折矣。然以今世歷史進化的眼光觀之，則白話文學之為中國文學之正宗，又為將來文學必用之利器，可斷言也。（此「斷言」乃自作者言之。贊成此說者，今日未必甚多也。）以此之故，吾主張今日作文作詩，宜採用俗語俗字。與其用三千年前之死字，（如「於鑠國會，遵晦時休」之類）不如用二十世紀之活字。與其作不能行遠不能普及之秦漢六朝文字，不如作家喻戶曉之水滸西遊文字也。

上述八事，乃吾年來研思此一大問題之結果，遠在異國。既無讀書之暇晷，又不得就國中先生長者質疑問難，其所主張容有矯枉過正之處。然此八事皆文學上根本問題，一一有研究之價值。故草成此論，以為海內外留心此問題者，作一草案。謂之芻議，猶云未定草也。伏惟國人同志有以匡糾是正之。

余恆謂中國近代文學史，施曹價值，遠在歸姚之上。聞者咸大驚疑，今得胡君之論，竊喜所見不孤。白話文學，將爲中國文學之正宗。余亦篤信而渴望之。吾生倘親見其成，則大幸也。元代文學美術，本蔚然可觀。余所最服膺者，爲東籬。詞隽意遠。又復雄富。余稱爲「中國之沙克士比亞」。質之胡君，及讀者諸君以爲然否？獨秀識

文學革命論 轉錄六年二月新青年二卷六號

陳獨秀

今日莊嚴燦爛之歐洲何自而來乎，曰革命之賜也。歐語所謂革命者，爲革故更新之義。與中土所謂朝代鼎革，絕不相類。故自文藝復興以來，政治界有革命。宗教界亦有革命。倫理道德亦有革命。文學藝術，亦莫不有革命。莫不因革命而新興而進化。近代歐洲文明史宜可謂之革命史，故曰今日莊嚴燦爛之歐洲，乃革命之賜也。

吾苟偸庸懦之國民，畏革命如蛇蠍。故政治界雖經三次革命，而黑暗未嘗稍減。其原因之小部分，則爲三次革命，皆虎頭蛇尾。未能充分以鮮血洗淨舊汙。其大部分，則爲盤踞吾人精神界根深蒂固之倫理道德文學藝術諸端，莫不黑幕層張，垢汚深積，幷此虎頭虎尾之革命而未有焉。此單獨政治革命所以於吾之社會，不生若何變化，不收若何效果也。推其總因，乃在吾人疾視革命。不知其爲開發文明之利器故。

孔教問題，方喧呶於國中。此倫理道德革命之先聲也。文學革命之氣運。醞釀已非一日。其首舉義旗之急鋒，則爲吾友胡適。余甘冒全國學究之敵。高張「文學革命軍」大旗。以爲吾友之聲援，旗上大書特書吾革命軍三大主義：曰推倒彫琢的阿諛的貴族文學，建設平易的抒情的國民文學。曰推倒陳腐的舖張的古典文學。建設新鮮的立誠的寫實文學。曰推倒迂晦的艱澀的山林文學。建設明瞭的通俗的社會文學。

國風多里巷猥辭。楚辭盛用土語方物。非不斐然可觀。承其流者兩漢賦家，頌聲大作。彫琢阿諛，詞多而意寡。此貴族之文古典之文之始作俑也。魏晉以下之五言，抒情寫事，一變前代板滯堆砌之風，在當時可謂爲文學一大革命。即文學一大進化。然希託高古，言簡意晦，社會現象，非所取材。是猶貴族之風，未足以語通俗的國民之學也，齊梁以來，風尚對偶，演至有唐，遂成律體。無韻之文，亦尙對偶。尙書周易以來，即是如此。(古人行文，不但風尙對偶且多韻語。故駢文家頗主張駢體爲中國文章正宗之說。(亡友王先生即主張此說之一人)不知古書傳鈔不易。韻與對偶以利傳誦而已。後之作者，烏可泥此。)東晉而後，即細事陳啓，亦尙駢儷。演至有唐，遂成駢體。詩之有律，文之有駢，皆發源於南北朝，大成於唐代。更進而爲排律，爲四六。此等彫琢的阿諛的舖張的空泛的貴族古典文學，極其長技，不過如塗脂抹粉之泥塑美人，以覩八股試帖之價値，未必能高幾何，可謂爲文學之末運矣。韓柳崛起。一洗前人纖巧堆朵之習。風會所趨，乃南北朝貴族古典文學變而爲宋元國民通俗文學之過渡時代。韓柳元白，應運而出。爲之中樞。俗論謂昌黎文章起八代之衰，雖非確論，然變八代之法，開宋元之先，自是文界豪傑之士。吾人今日所不滿於昌黎者二事。一曰文猶師古。雖非典文，然不脫貴族氣派。尋其內容，遠不若唐代諸小說家之豐富。其結果乃造成一新貴族文學。二曰誤於「文以載道」之謬見。文學本非爲載道而設，自昌黎以訖曾國藩所謂載道之文，不過鈔襲孔孟以來極膚淺極空泛之門面語而已。余嘗謂唐宋八家文之所謂「文以載道。」直與八股家之所謂「代聖立言」同一鼻孔出氣。以此二事推之，昌黎之變古，乃時代使然。於文學史上。其自身幷無十分特色可觀也。元明劇本。明清小說。乃近代文學之粲然可觀者。惜爲妖魔所厄，未及出胎。竟爾流產。以至今日中國之文學，萎瑣陳腐，遠不能與歐洲比肩。此妖魔爲何，即明之前後七子及八家文派之歸方劉姚是也。此七八妖魔輩，尊古蔑今，咬文嚼字，稱霸文壇。致使蓋代文豪若馬東籬，若施耐菴，若曹雪芹諸人之姓名，幾不爲國人所識。若夫七子詩，刻意模古，直謂之抄襲可也。歸方劉姚之文，或希榮譽墓，或無病而呻，滿紙之乎者也矣焉哉，每有長篇大作，搖頭擺尾，說來說去，不知道說些甚麼。此等文學，作者既非創造才，胸中又無物，其伎倆惟在做古欺人，直無一字有存在之價值。雖著作等身，與其時之社會燮明進化無絲毫關係。

今日吾國文學，悉承前代之敝。所謂桐城派者，八家與八股之混合體也。所謂駢體文者，思綺堂與隨園之四六也，所謂西江派者，山谷之偶像也，求夫目無古人，赤裸裸的抒情寫世，所謂代表時代之文豪者，不獨全國無其人，而且舉世無此想。文學之文，既不足觀，應用之文，益復怪誕。碑銘墓誌，極量稱揚，讀者決不見信，作者必照例爲之。尋常啓事，首尾恒有種種諛詞。居喪者卽華居美食，而哀啓必欺人曰苫塊昏迷。贈醫生以匾額，不曰術邁岐黃。卽曰着手成春。窮鄉僻壤極小之豆腐店，其春聯恆作「生意興隆通四海。財源茂盛達三江。」此等國民應用之文學之醜陋，皆阿諛的虛僞的鋪張的貴族古典文學階之厲耳。

際茲文學革新之時代，凡屬貴族文學古典文學，均在排斥之列。以何理由而排斥此三種文學耶？曰貴族文學，藻飾依他，失獨立自尊之氣象也。古典文學，鋪陳堆砌，失抒情寫實之旨也。山林文學，深晦艱澀，自以爲名山著述，於其羣之大多數無所裨益也。其形體則陳陳相因，有肉無骨有形無神，乃裝飾品而非實用品。其內容則目光不越王帝權貴，神仙鬼怪，及其個人之窮通利達。所謂宇宙，所謂人生，所謂社會，舉非其構思所及，此三種文學公同之缺點也。此種文學蓋與吾阿諛誇張虛僞迂闊之國民性，互爲因果。今欲革新政治，勢不得不革新盤踞於運用，此政治者精神界之文學。使吾人不張目以觀世界社會文學之趨勢，及時代之精神，日夜埋頭故紙堆中，所目注心營者，不越帝王權貴鬼怪神仙與夫個人之窮通達利，以此而求革新文學革新政治，是縛手足而敵孟賁也。

歐洲文化，受賜於政治科學者固多，受賜於文學者亦不少。予愛盧梭巴士特之法蘭西，予尤愛虞哥左喇之法蘭西。予愛康德赫克爾之德意志，予愛愛桂特郝卜特曼之德意志，予愛倍根達爾文之英吉利，予尤愛狄鏗士王爾德之英吉利。吾國文學界豪傑之士有自負為中國之虞哥左喇桂特郝卜特曼狄鏗士。王爾德者乎？有不顧迂儒之毀譽，明目張膽以與十八妖魔宣戰者乎？予願拖四十二生的大砲，為之前驅。

○建設的文學革命論　轉錄七年四月新青年四卷四號

胡　適

(一)

國語的文學—文學的國語

我的「文學改良芻議」發表以來，已有一年多了。這十幾個月之中，這個問題居然引起了許多很有價值的討論，居然受了許多很可使人樂觀的響應。我想我們提倡文學革命的人，固然不能不從破壞一方面下手。但是我們仔細看來，現在的舊派文學實在不值得一駁。什麼桐城派的古文哪，文選派的文學哪，江西派的詩哪，夢窗派的詞哪，聊齋志異派的小說哪，——都沒有破壞的價值。他們所以還能存在國中，正因爲現在還沒有一種眞有價值，眞有生氣，眞可算作文學的新文學起來代他們的位置。有了這種「眞文學」和「活文學，」那些「假文學」和「死文學，」自然會消滅了。所以我望我們提倡文學革命的人，對於那些腐敗文學，個個都該存一個「彼可取而代也」的心理；個個都該從建設一方面用力，要在三五十年內替中國創造出一派新中國的活文學。

我現在做這篇文章的宗旨，在於貢獻我對於建設新文學的意見。我且先把我從前所主張破壞的八事引來做參考的資料：

一，不做「言之無物」的文字。

二，不做「無病呻吟」的文字。

三，不用典。

四，不用套語爛調。

五，不重對偶：——文須廢駢，詩須廢律。

六，不做不合文法的文字。

七，不摹倣古人。

八，不避俗語俗字。

這是我的「八不主義，」是單從消極的，破壞的一方面着想的。

自從去年歸國以後，我在各處演說文學革命，便把這「八不主義」都改作了肯定的口氣，又總括作四條如下：

一，要有話說方纔說話。　這是「不做言之無物的文字」一條的變相。

二，有什麼話說什麼話，話怎麼說就怎麼說。　這是(二)(三)(四)(五)(六)諸條的變相。

三，要說我自己的話，別說別人的話。　這是「不摹倣古人」一條的變相。

四，是什麼時代的人，說什麼時代的話。　這是「不避俗語俗字」的變相。

這是一半消極，一半積極的主張。一筆表過，且說正文。

(二)

我的「建設新文學」的唯一宗旨只有十個大字：「國語的文學，文學的國語。」我們所提倡的文學革命，只是要替中國創造一種國語的文學。有了國語的文學，方纔可有文學的國語。有了文學的國語，我們的國語纔可算得眞正國語。國語沒有文學，便沒有生命，便沒有價值，便不能成立，便不能發達。這是我這一篇文學的大旨。

我曾仔細研究：中國這二千年何以沒有眞有價值眞有生命的「文言的文學？」我自己回答道：「這都因爲這二千年的文人所做的文學都是死的，都是用已經死了的語言文字做的。死文字決不能產出活文學。所以中國這二千年只有些首文學，只有些沒有價值的死文學。」

我們爲什麼愛讀木蘭辭和孔雀東南飛呢？因爲這兩首詩是用白話做的。爲什麼愛讀陶淵明的詩和李後主的詞呢？因爲他們的詩詞是用白話做的。爲什麼愛杜甫的石壕吏兵車行諸詩呢？因爲他們都是用白話做的？爲什麼不愛韓愈的南山呢？因爲他用的是死字死話。……簡單說來，自從三百篇直到于今，中國的文學凡是有一些價值，有一些兒生命的，都是白話的。或是近於白話的。其餘的都是沒有生氣的古董，都是博物院中的陳列品！

再看近世的文學：何以水滸傳，西遊記，儒林外史，紅樓夢，可以稱爲「活文學」呢？因爲他們都是用一種活文字做的。若是施耐菴，邱長春，吳敬梓，曹雪芹，都了用文言做書，他們的小說一定不會有這樣生命，一定不會有這樣價值。

讀者不要誤會：我並不會說凡是用白話做的書都是有價值有生命的。我說的是：用死了的文言決不能做出有生命有價值的文學來。這一千多年的文學，凡是有眞正文學價值的，沒有一種不帶有白話的性質，沒有一種不靠這個「白話性質」的幫助。換言之：白話能產出有價值的文學。也能產出沒有價值的文學。可以產出儒林外史，也可以產出肉蒲團。但是那已死的文言只能產出沒有價值沒有生命的文學。決不能產出有價值有生命的文學；只能做幾篇「擬韓退之原道」或「擬陸士衡擬古，」決不能做出一部儒林外史。若有人不信這話，可先讀明朝古文大家宋濂的王冕傳，再讀儒林外史第一回的王冕，便可知道死文學和活文學的分別了。

為什麼死文字不能產生活文學呢？這都由於文學的性質一切語言文字的作用在於達意表情；達意達得妙，表情表得好，便是文學。那些用死文言的人，有了意思，却須把這意思翻成幾千年前的典故：有了感情，却須把這感情譯為幾千年前的文言。明明是客子思家，他們非說「王粲登樓」「仲宣作賦」：明明是送別。他們却非說。「陽關三叠」「一曲渭城」：明明是賀陳寶琛七十歲生日，他們却須說是賀伊尹周公傳說。更可笑的：明明是鄉下老太婆說話，他們却要叫他打起唐宋八家的古文腔兒；明明是極下流的妓女說話，他們却要他打起胡天游洪亮吉的駢文調子！……請問這樣做文章如何能達意表情呢？既不能達意，既不能表情，那裏還有文學呢！即如那儒林外史裏的王冕，是一個有感情，有血氣，能生動，能談笑的活人。這都因為做書的人能用活言語活文字來描寫他的生活神情。那宋濂集子裏的王冕，便成了一個沒有生氣，不能動人的死人。爲什麼呢？因爲宋濂用了二千年前的死文字來寫二千年後的活人；所以不能不把這個活人變作二千年前的木偶，纔可合那古文家法。古文家法是合了，那王冕也眞「作古」了！

因此我說，「死文言決不能產出活文學。」中國若想有活文學，必須用白話，必須用國語，必須做國語的文學。

（三）

上節所說，是從文學一方面着想，若要活文學，必須用國語。如今且說從國語一方面着想，國語的文學有何等重要。

有些人說：「若要用國語的文學，總須先有國語。如今沒有標準的國語，如何能有國語的文學？」我說，這話似乎有理，其實不然。國語不是單靠幾位言語學的專門家就能造得成的；也不是單靠幾本國語教科書和幾部國語字典，就能造成的。若要造國語，先須造國語的文學；有了國語的文學，自然有國語。這話初聽了似乎不通。但是列位仔細想想便可明白了。天下的人誰肯從國語教科書和國語字典裏面學習國語？所以國語教科書和國語字典，雖是很要緊，決不是造國語的利器。眞正有功效有勢力的國語教科書，便是國語的文學；便是國語的小說，詩文，戲本。國語的小說，詩文，戲本通行之日，便是中國國語成立之時。試問我們今日居然能拿起筆來做幾篇白話文章，居然能寫得出好幾百個白話的字，可是從什麼白話教科書上學來的嗎？可不是從水滸傳，西游記，紅樓夢，儒林外史，……等書學來的嗎？這些白話文學的勢力，比什麼字典教科書都還大幾百倍。字典說「這」字該讀「魚彥反，」我們偏讀他做「者個」的者字。字典說，「麼」字是「細小，」我們偏把他用作「什麼」「那麼」的麼字。字典說「沒」字是「沈也，」「盡也，」我們偏用他做「無有」的無字解。字典說「的」字有許多意義，我們偏把他用來代文言的「之」字，「者」字，「所」字和「徐徐爾，縱縱爾」的「爾」字。……總而言之，我們今日所用的「標準白話，」都是這幾部白話的文學定下來的，我們今日要想重新規定一種「標準國語，」還須先造無數國語的水滸傳，西游記，儒林外史，紅樓夢

所以我爲我以們提倡新文學的人，儘可不必問今日中國有無標準國語。我們儘可努力去做白話的文學。我們可盡量採用水滸西游儒林外史紅樓夢的白話；有不合今日的用的，便不用他；有不夠用的，便用今日的白話來補助；有不得不用文言的，便用文言來補助。這樣做去，決不愁語言文字不夠用，也決不用愁沒有標準白話。中國將來的新文學用的白話，就是將來中國的標準國語。造中國將來白話文學的人就是製定標準國語的人。

我這種議論並不是「嚮壁虛造」的。我這幾年來研究歐州各國國語的歷史，沒有一種國語不是

這樣造成的。沒有一種國語是教育部的老爺們造成的，沒有一種是言語學專門家造成的，沒有一種不是文學家造成的。我且舉幾條例為證：

一，意大利　五百年前，歐洲各國但有方言，沒有「國語。」歐洲最早的國語是意大利文。那時歐洲各國的人多用拉丁文著書通信。到了十四世紀的初年，意大利的大文學家 Dante 極力主張意大利話來代拉丁文。他說拉丁文是已死了的文字，不如他本國俗話的優美。所以他自己的傑作「喜劇，」全用「Tuscany（意大利北部的一邦。）的俗話。這部「喜劇，」風行一世。人都稱他做「神聖喜劇。」那「神聖喜劇」的白話後來便成了意大利的標準國語。後來的文學家 Boceartoi 1313 1375）和 Lorenzo do,O Mcieib 諸人也都用白話作文學。所以不到一百年意大利的國語便完全成立了。

二，英國　英倫雖只是一個小島國，卻有無數方言。現在通行全世界的「英文」在五百年前還只敦附近一帶的方言。叫做「中部土話。」當十四世紀時，各處的方言都有些人用來做書。後來到了十四世紀的末年，出了兩位大文學家：一個是 Chaucer（1340—1340）一個是 Wycliff（1230—1384）。Chaucer 做了許多詩歌散文，都用這「中部土話。」Wycliff 把耶教的舊約新約也都譯成「中部土話。」有了這兩個人的文學，便把這「中部土話」變成英國的標準國語。後來到丁十五世紀，印刷術輸進英國所印的書多用這「中部土話，」國語的標準更確定了。到十六十七兩世紀，Shakespeare和「伊里沙白時代」的無數文學大家，都用國語創造文學。從此以後，這一部分的「中部土話」不但成立了英國的標準國語，幾乎竟成了全地球的世界語了！

此外法國德國及其他各國的國語，大都是這樣發生的，大都是靠着文學的力量纔能變成標準的國語的。也不去一一的細說了。

意大利國語成立的歷史，最可供我們中國人的研究。爲什麼呢？因爲歐洲西部北部的新國，如英吉利，法蘭西德意志，他們的方言和拉丁文相差太遠了，所以他們漸漸的用國語著作文學。還不算希奇。只有意大利是當年羅馬帝國的京畿近地，在拉丁文的故鄉，各處的方言又和拉丁文最近。在意大利提倡用白話代拉丁文，眞正和在中國提倡用白話代漢文，有同樣的艱難。所以英法德各國語，一經文學發達以後，便不知不覺的成爲國語了。在意大利却不然。當時反對的人很多，所以那時的新文學家，一方面努力創造國語的文學，一方面還要做文章鼓吹何以當廢古文，如何以不可不用白話。有了這種有意的主張，最有力的是 Dante 和 Alberti 兩個人，又有了那些有價値的文學，纔可造出意大利的「文學的國語」。

我常問我自己道：「自從施耐菴以來，很有了些極風行的白話文學，何以中國至今還不曾有一種標準的國語呢？」我想來想去，只有一個答案。這一千年來，中國固然有了一些有價值的白話文學，但是沒有一個人出來明目張胆的主張用白話爲中國的「文學的國語。」有時陸放翁高興了，便做一首白話詩：有時柳耆卿高興了，便做一首白話詞：有時朱晦菴高興了，便寫幾封白話信，做幾條白話札記，有時施耐菴吳敬梓高興了便做一二部白話的小說。這都是不知不覺的自然出產品。并非是有意的主張。因爲沒有「有意的主張，」所以做白話的只管做白話，做古文的只管做古文，做八股的只管做八股。因爲沒有「有意的主張，」所以白話文學從不曾和那些「死文學」爭那「文學正宗」的位置。白話文學不成爲文學正宗，故白話不曾成爲標準國語

我們今日提倡國語的文學，是有意的主張。要使國語成爲「文學的國語。」有了文學的國語方有標準的國語

（四）

上文所說，「國語的文學，文學的國語，」乃是我們的根本主張。如今且說要實行做到這個根本主張，應該怎樣進行。

我以爲創造新文學的進行次序，約有三部：（一）工具，（二）方法，（三）創造。前兩步是預備，第三步纔是實行創造新文學。

(一)工具。 古人說得好：「工欲善其事，必先利其器，」寫字的要筆好，殺猪的要刀快。我們要創造新文學，也須先預備下創造新文學的「工具」，我們的工具就是白話，我們有志造國語文學的人，應該趕緊籌備這個萬不可少的工具，預備的方法，約有兩種：

(甲)多讀模範的白話文學。 例如水滸傳，西游記，儒林外史，紅樓夢，宋儒語錄，白話信札；元人戲曲，明清傳記的說白。唐宋的白話詩詞，也該選讀。

(乙)用白話作各種文學。 我們有志造新文學的人，都該發誓不用文言作文：無論通信，做詩，譯書做筆記，做報館文章，編學堂講義，替死人作墓誌，替活人上條陳，……都該用白話來做。我們從小到如今，都是用文言的作文，養成了一種文言的習慣，所以雖是活人。只會作死人的文字。若不下一些狠勁，若不用點苦工夫，決不能使用白話圓轉如意。若單在新青年裏面做白話文字，此外還依舊做文言的文字，那眞是「一日暴之十日寒之」的政策，決不能磨鍊成白話的文學家。

不但我們提倡白話文學的人應該如此做去。就是那些反對白話文學的人，我也奉勸他們用白話來做文字。爲什麼呢？因爲他們若不能做白話文字，便不配反對白話文學。譬如那些不認得中國字的中國人若主張廢漢文，我一定罵他們不配開口。若是我的朋友錢玄同要主張廢漢文，我決不敢說他不配開口了。那些不會做白話文字的人來反對白話文學，便和那些不懂漢文的人要廢漢文，是同一的荒謬。所以我勸他們多做些白話文字，多做些白話詩歌，試試白話是否有文學的價值。如果試了幾年，還覺得白話不如文言，那時再來攻擊我們，也還不遲。

還有一層，有些人說，「做白話很不容易，不如做文言的省力。」這是因為中毒太深之過。受病深了，更宜趕緊醫治。否則真不可救了。其實做白話並不難。我有一個姪兒，今年纔十五歲，一向在徽州不曾出過門，今他用白話寫信來，居然寫得極好。我們徽州話和官話差得很遠，我的姪兒不過看了一些白話小說，便會做白話文字了。這可見做白話不是難事，不過人性懶惰的居多數，捨不得拋「高文典册」的死文字罷了。

(二)方法　我以為中國近來文學所以這樣腐敗，大半雖由於沒有適用的「工具，」但是單有「工具」沒有方法也還不能造新文學。做木匠的人，單有鑿鋸鑽鑤，沒有規矩師法，決不能造成木器。文學也是如此。若單靠白話便可造新文學，難道把鄭孝胥陳三立的詩翻成了白話，就可算得新文學了嗎？難道那些用白話做的新華春夢記，九尾龜，也可算作新文學嗎？我以為現在國內新起的一班「文人」，受病最深的所在，只在沒有高明的文學方法。我且舉小說一門為例。現在的小說，(單指中國人自己著的)看來看去，只有兩派。一派最下流的，是那些學聊齋志異的劄記小說，篇篇都是「某生，某處人，生有異稟，下筆千言，……一日於某地遇女郎，……好事多磨。……遂為情死。」或是「某地某生，游某地，眷某妓，情好甚篤，遂訂白頭之約，……而大婦妒甚，不能相容，女抑鬱以死，……生撫屍一慟幾絕，」……此類文字，只可抹桌子，固不值一駁。還有那第二派是那些學儒林外史或是學官場現形記的白話小說。上等的如廣陵潮，下等的如九尾龜。這一派小說只學了儒林外史的壞處，却不曾學得他的好處。儒林外史的壞處在於體裁結構太不緊嚴，全篇是雜湊起來的，例如婁府一羣人，自成一段，杜府兩公子自成一段；馬二先生又成一段；虞博士又成一段；蕭雲仙郭孝子又各自成一段。分出來，可成無數劄記小說；接下去，可長至無窮無極。官場現形記便是這樣。如今的章回小說，大都犯這個沒有結構，沒有布局的懶病。却不知道儒林外史所以能有文學價值者，全靠一副寫人物的畫工本領。我十年不曾讀這書了，但是我閉了眼睛，還覺得書中的人物，如嚴貢生，如馬二先生，如杜少卿，如權勿用……個個都是活的人物。正如讀水滸的人，過了二三十年，還不會忘記魯智深李逵武松，石秀……一班人。請問列位讀過廣陵潮和九尾龜的人，過了兩三個月，心目中除了一個「文武全才」的章秋谷之外，還記得幾個活靈活現的書中人物？所以我說，現在的「新小說，」全是不懂得文學方法的：既不知布局，又不知結構，又不知描寫人物，只做成了許多又長又臭的文字：只配於報紙的第二張充篇幅，却不配在新文學上佔一個位置。「小說在中國近年，比較的說來，要算文學中最發達的一門了。小說尚且如此，別種文學，如詩歌戲曲，更不用說了。

如今且說什麼叫做「文學的方法」呢？這個問題不容易回答，況且又不是這篇文章的本題，我且約畧說幾句。

大凡文學的方法可分三類：

（1）集收材料的方法　中國的「文學，」大病在於缺少材料。那些古文家，除了墓誌，壽序，家傳之外，幾乎沒有一毫材料。因此他們不得不做那些極無聊的「漢高帝斬丁公論，」「漢文帝唐太宗優劣論。」至於近人的詩詞，更沒有什麼材料可說了。近人的小說材料，只有三種：一種是官場，一種是妓女，一種是不官而官，非妓而妓的中等社會，（留學生，女學生之可作小說材料者亦附此類）除此以外，則無材料。最下流的，竟至登告白徵求這種材料。做小說竟須登告白徵求材料，便是宣告文學家破產的鐵證。我以為將來的文學家收集材料的方法，約如下：

（甲）推廣材料的區域。　官場妓院與齷齪社會三個區域，決不夠採用。即如今日的貧民社會，如工廠之男女工人，人力車夫，內地農家，各處小負販及小店鋪，一切痛苦情形，，都不會在文學上佔一位置。並且今日新舊文明相接觸，一切家庭慘變，婚姻苦痛，女子之位置，教育之不適宜，……種種問題，都可供文學的材料。

(乙)注重實地的觀察和個人的經驗。 現今文人的材料大都是關了門虛造出來的，或是間接又間接的得來的，因此我們讀這種小說，總覺得浮泛敷衍，不痛不癢的，沒有一毫精采。眞正文學家的材料大概都有『實地的觀察和個人自已的經驗』做個根低。不能作實地的觀，察便不能做文學家。全沒有個人的經驗，也不能做文學家。

(丙)要用周密的理想作觀察經驗的補助。 實地的觀察和個人的經驗。固是極重要，但是也不能全靠這兩件。例如施耐菴若單靠觀察和經驗，決不能做出一部水滸傳。個人所經驗的，所觀察究竟有限。所以必須有活潑精細的理思(Imagination)，把觀察經驗的材料，一一的體會出來，一一的整理如式，一一的組織完全：從已知的推想到未知的，從經驗過的推想到不曾經驗過的，從可觀察的推想到不可觀察的。這才是是文學家的本領。

(2)結構的方法。 有了材料，第二步須要講究結構。結構是個總名詞，內中所包甚廣，簡單說來，可分剪裁和布局兩步：

（甲）剪裁。　有了材料。先要剪裁。譬如做衣服，先要看那塊料可做袍子，那塊料可做背心。估計定了；方可下剪。文學家的材料也要如此辦理。先須看這些材料該用做小詩呢？還是做長歌呢？該用做章回小說呢？還是做短篇小說呢？該用做小說呢？還是做戲本呢？籌畫定了，方才可以剪下那些可用材料，去掉那些不中用的材料；方才可以決定做什麼體裁的文字。

（乙）布局。　體裁定了，再可講布局。有剪裁，方可決定「做什麼。」有布局，方可決定「怎樣做。」材料剪定了，須要籌算怎樣做去始能把這材料用得最得當又最有效力。例如唐朝天寶時代的兵禍，百姓的痛苦，都是材料。這些材料，到了杜甫的手裏，便成了詩料，如今且舉他的石壕吏一篇。作布局的例，這首詩只寫一個過路的客人一晚上在一個人家內偷聽得的事情；只用一百二十個字，却不但把那一家祖孫三代的歷史都做出來，並且把那時代兵禍之慘，壯丁死亡之多，差役之橫行，小民之苦痛，都寫得逼真活現。使人讀了生無限的感慨。這是上品的布局工夫。又如古詩「上山採蘼蕪，下山逢故夫，」一篇，寫一家夫婦的慘劇，却不從「某人娶妻甚賢，後別有所歡，遂出妻再娶，」說起，只挑出那前妻由山上下來遇着故夫的時候下筆。却也能把那一家的家庭情形寫得充分滿意。這也是神品的布局工夫。——近來的文人。全不講求布局：只顧湊足多少字可賣幾塊錢，全不問材料用的得當不得當，動人不動人。他們今日做上一回的文章，還不知道下一回的材料在何處！這樣的文人怎樣造得出有價值的新文學呢！

(3)描寫的方法。　局已布定了。方才可講描寫的方法。描寫的方法，千頭萬緒，大要不出四條：

(一)寫人

(二)寫境

(三)寫事

(四)寫情

寫人要舉動，口氣，身分，才性，……都要有個性的區別件件都是林黛玉，決不是薛寶釵，件件都是武松，決不是李逵，寫境要一喧，一靜，一石，一山，一雲，一鳥，……也都要有個性的區別。老殘遊記的大明湖，決不是西湖，也決不是洞庭湖，紅樓夢裏的家庭，決不是金瓶梅裏的家庭，寫事要綫索分明，頭緒清楚，近情近理，亦正亦奇。寫情要真，要精，要細膩婉轉，要淋漓盡致。——有時須用境寫人，用情寫人，用事寫人；有時須用人寫境，用事寫境，用情寫境；……這裏面的千變萬化，一言難盡。

如今且回到本文。我上文說的，創造新文學的第一步是工具，第二步是方法。方法的大致，我剛才說了。如今且問，怎樣預備方才可得着一些高明的文學方法？我仔細想來，只有一條法子：就是趕緊多多的繙譯西洋的文學名著做我們的模範。我這個主張，有兩層理由：

第一中國文學的方法實在不完備不夠作我們的模範。即以體裁而論，散文只有短篇，沒有布置周密，論理精嚴，首尾不懈的長篇；韻文只有抒情詩，絕少紀事詩，長篇詩更不曾有過；戲本更在幼稚時代，但略能紀事掉文，全不懂結構；小說好的，只不過三四部，這三四部之中，還有許多疵病，至於最精采之「短篇小說」，「獨幕戲」，更沒有了。若從材料一方面看來，中國文學更沒有做模範的價值。才子佳人，封王掛帥的小說；風花雪月，塗脂抹粉的詩；不能說理，不能言情的「古文」；學這個，學那個的一切文學；這些文字，簡直無一毫材料可說。至於布局一方面，除了幾首實在好的詩之外，幾乎沒有一篇東西當得「布局」兩個字——所以我說，從文學方法一方面看去，中國的文學實在不夠給我們作模範。

第二，西洋的文學方法，比我們的文學，實在完備得多，高明得多，不可不取例。即以散文而論，我們的古文家多比得上英國的Bacon和法國的Moutaee，至於像Plato的『主客體，』Huxley等的科學文章，Boswell和Motley等的長篇傳記，Mill, Franklin, Gibben等的『自傳，』Taine和Bukle等的史論，……都是中國從不曾夢見過的體裁，更以戲劇而論，二千五百年前的希臘戲曲，一切結構的工夫，描寫的工夫，高出元曲何止十倍。近代的Shakespear和Moliere，更不用說了，最近六十來，歐洲的散文戲本，千變萬化，遠勝古代，體裁也更發達了，最重要的，如『問題戲，』專研究社會的種種重要問題；『寄託戲』(Symbolic Drama)專以美術的手腕，作的『意在言外』的戲本：『心理戲，』專描寫種種複雜的心境，作極精密的解剖：『諷刺戲，』用嬉笑怒駡的文章，達憤世救世的苦心，——我寫到這裏，忽然想起今天梅蘭芳正在唱新編的『天女散花』，上海的人還正在等着看新排的多爾滾呢！我也不往下數了，——更以小說而論，那材料之精確，體裁之完備，命意之高超，描寫之工切，心理解剖之細密，社會問題討論之透切，……眞是美不勝收，至於近百年新創的『短篇小說，』眞如芥子裏面藏着大千世界，眞短百練的精金，曲折委婉無所不可；眞可是說開千古未有的創局，掘百世不竭的寶藏，——以上所說，大旨只在約略表示西洋文學方法的完備，因為西洋眞文學有許多可給我們作模範的好處，所以我說：我們如果眞要研究文學的方法，不可不趕緊繙譯西洋的文學名著，做我們的模範。

現在中國所譯的西洋文學書，大概都不得其法，所以收效甚少。我且擬幾條繙譯西洋文學名著的辦法如下：

（1）只譯名家著作不譯第二流以下的著作。我以為國內眞懂得西洋文學的學者應該開一會議，公共選定若干種不可不譯的第一流文學名著，約數如一百種長篇小說，五百篇短篇小說，三百種戲劇，五十家散文，為第一部西洋文學叢書，期五年譯完，再選第二部。譯成之稿，由這幾位學者審查，並一一為作長序及著者略傳，然後付印，其第二流以下，如哈葛得之流，一概不選。詩歌一類，不易繙譯。只可從緩，

（2）全用白話韻文之戲曲也都譯為白話散文。用古文譯書，必失原文的好處，如林琴南的「其女珠，其母下之」早成笑柄，且不必論。前天看見一部偵探小說圓室案中，寫一位偵探「勃然大怒，拂袖而起。」不知道這位偵探穿的是不是康橋大學的廣袖制服！—這樣譯書不如不譯，又如林琴南把Shakespear的戲曲，譯成了記敍體，的古文！這眞是Shakespear的大罪人，罪在圓室案譯者之上。

（三）創造。上面所說工具與方法兩項，都只是創造新文學的預備。工具用得純熟自然了，方

法也懂了，方才可以創造中國的新文學。至於創造新文學是怎樣一回事，我可不配開口了。我以爲現在的中國，還沒有做到實行預備創造新文學的地步，儘可不必空談創造的方法和創的手段，我們現在且先去努力做那第一第二兩步預備的工夫罷！

人的文學

轉錄七年十二月新青年五卷六號　　周作人

我們現在應該提倡的新文學，簡單的說一句，是「人的文學，」應該排斥的，便是反對的非人的文學。

新舊這名稱，本來很不妥當，其實「太陽底下，何嘗有新的東西？」思想道理，祇有是非，並無新舊。要說是新，也單是新發見的新，不是新發明的新，新大陸是在十五世紀中，被哥倫布發見，但這地面是古來早已存在。電是在十八世紀中，被弗闌克林發見，但這物事也是古來早已存在，無非以前的人，不能知道，遇見哥倫布與弗闌克林纔把他看出罷了，眞理的發見，也是如此，眞理永遠存在，並無時間的限制，祇因我們自己愚昧，聞道太遲，離發見的時候尙近，所以稱他新。其實他原是極古的東西，正如新大陸同電一般，早在這宇宙之內，倘若將他當作新鮮果子，時式衣裳一樣看待，那便大錯了。譬如現在說「人的文學，」這一句話，豈不也像時髦。却不知世上生了人，便同時生了人道，無奈世人無知，偏不肯體人類的意志，走這正路，却迷入獸道鬼道裏去，旁皇了多年，纔得出來，正如人在白晝時候，閉着眼亂闖，末後睜開眼睛，纔曉得世上有這樣好陽光，其實太陽照臨，早已如此，已有了無量數年了。

歐洲關於這「人」的眞理發見，第一次是在十五世紀，於是出了宗教改革與文藝復興兩個結果。第二次成了法國大革命，第三次大約便是歐戰以後將來的未知事件了。女人與小兒的發見，却遲至十九世紀，纔有萌芽，古來女人的位置，不過是男子的器具與奴隸。中古時代，教會裏還曾討論女子有無靈魂，算不算得一個人呢。小兒也只是父母的所有品，又不認他是一個未長成的人，却當作具體而微的成人，因此又不知演了多少家庭的與教育的悲劇。自從 Froebel 與 Godwin 夫人以後，纔有光明出現，到了現在，造成兒童學與女子問題這兩個大研究，可望長出極好的結果來。中國講到這類問題却須從頭做起，人的問題，從來未經解決，女人小兒更不必說了，如今第一步先從人說起，生了四千餘年，現在却還講人的意義，從新要發見「人」，去「闢人荒」，也是可笑的事，但老了再學，總比不學該勝一籌罷。我們希望從文學上起首，提倡一點人道主義思想，便是這個意思。

我們要說人的文學，須得先將這個人字，畧加說明。我們所說的人，不是世間所謂「天地之性最貴，」或「圓顱方趾」的人。乃是說，「從動物進化的人類。其中有兩個要點，(一)「從動物」進化的，(二)從動物「進化」的。

我們承認人是一種生物，他的生活現象，與別的動物並不同。所以我們相信人的一切生活本能，都是美的善的，應得完全滿足。凡有違反人性不自然的習慣制度，都應排斥改正。

但我們又承認人是一種從動物進化的生物，他的內面生活，比他動物更爲複雜高深，而且逐漸向上，有能改造生活的力量。所以我們相信人類以動物的生活爲生存的基礎，而其內面生活，卻漸與動物相遠，終能達到高上和平的境地。凡獸性的餘留，與古代禮法可以阻礙人性向上的發展者，也都應排斥改正。

這兩個要點，換一句話說，便是人的靈肉二重的生活。古人的思想，以爲人性有靈肉二元，同時並存，永相衝突。肉的一面，是獸性的遺傳。靈的一面，是神性的發端。人生的目的，便偏重在發展這神性，其手段，便在滅了體質以救靈魂。所以古來宗教，大都厲行禁欲主義，有種種苦行，抵制人類的本能。一方面卻別有不顧靈魂的快樂派，只願死便埋我。其實兩者都是趨於極端不能說是人的正當生活。到了近世，纔有人看出這靈肉本是一物的兩面，並非對抗的二元。獸性與神性，合起來便只是人性。英國十八世紀詩人 Blake 在天國與地獄的結婚一篇中，說得最好。

(一)人並無與靈魂分離的身體。因這所謂身體者，原止是五官所能見的一部分的靈魂。

(二)力是唯一的生命，是從身體生的。理就是力的外面的界。

(三)力是永久的悅樂。

他這話雖略含神秘的氣味，但很能說出靈肉一致的要義。我們所信的人類正當生活，便是這靈肉一致的生活。所謂從動物進化的人，也便是指這靈肉一致的人，無非用別一說法罷了。

這樣「人」的理想生活，應該怎樣呢？首先便是改良人類的關係。彼此都是人類，卻又各是人類的一個。所以須營一種利己而又利他，利他卽是利己的生活。第一，關於物質的生活，應該各盡人力所及，取人事所需。換一句話，便是各人以心力的勞作，換得適當的衣食住與醫藥，能保持健康的生活。第二，關於道德的生活，應該以愛智信勇四事為基本道德，革除一切人道以下或人力以上的因襲的禮法，使人人能享自由真實的幸福生活。這種「人的」理想生活，實行起來，實於世上的人，無一不利。富貴的人雖然覺得不免失了他的所謂尊嚴，但他們因此得從非人的生活裏救出，成為完全的人，豈不是絕大的幸福麼？這真可說是二十世紀的新福音了。祇可惜知道的人還少，不能立地實行。所以我們要在文學上略略提倡，也稍盡我們人類的意思但現在還須說明，我所說的人道主義，並非世間所謂「悲天憫人」或「博施濟衆」的慈善主義，乃是一種個人主義的人間本位主義。這理由是！第一，人在人類中，正如森林中的一株樹木。森林盛了，各樹也都茂盛。但要森林盛，却仍非靠各樹各自茂盛不可。第二，個人愛人類就只爲人類中有了我，與我相關的緣故。墨子說兼愛的理由，因爲「己亦在人中」，便是最透徹的話。上文所謂別己而又利他，利他即是利己，正是這個意思。所以我說的人道主義是從個人做起。要講人道，愛人類，便須先使自己有人的資格，占得人的位置。耶穌說，「愛鄰如己。」如不先知自愛，怎能「如己」的愛別人呢？至於無我的愛純粹的利他，我以爲是不可能的。人爲了所愛的人，或所信的主義，能夠有獻身的行爲。若是割肉飼鷹，投身給餓虎吃，那是超人間的道德，不是人所能爲的了。

用這人道主義爲本，對於人生諸問題，加以記錄研究的文字，便謂之人的文學。其中又可以分作兩項，（一）是正面的。寫這理想生活，或人間上達的可能性。（二）是側面的，寫人的平常生活，或非人的生活，都很可以供研究之用。這類著作，分量最多，也最重要。因爲我們可以因此明白人生實在的情狀，與理想生活比較出差異與改善的方法，這一類中寫非人的生活的文學，世間每每誤會，與非人的文學相溷，其實却大有分別。譬如法國Maupassant的小說生人（Une

Vie）是寫人間獸欲的人的文學，中國的肉蒲團却是非人的的文學。俄國Kuprin的小說坑(Jama)是寫娼妓生活的人的文學，中國的九尾龜却是非人的文學。這區別就祇在著作的態度不同，一個嚴肅，一個游戲，一個希望人的生活。所以對於非人的生活，懷著悲哀或憤怒，一個安於非人的生活，所以對於非人的生活，感著滿足，又多帶著玩弄與挑撥的形迹，簡明說一句，人的文學與非人的文學的區別，便在著作的態度，是以人的生活爲是呢？非人的生活爲是呢？這一點上。材料方法，別無關係　，即如提倡女人殉葬——即殉節——的文章，　表面上豈不說是「維持風教」，但強迫人自殺，正是非人的道德，所以也是非人的文學，中國文學中，人的文學，本來極少，從儒教道教出來的文章，幾乎都不合格。現在我們單從純文學上舉例如：

（一）色情狂的淫書類

（二）迷信的鬼神書類「封神傳西游記等」

（三）神仙書類「綠野仙蹤等」

（四）妖怪書類「聊齋志異子不語等」

（五）奴隸書類「甲種主題是皇帝狀元宰相　乙種主題是的神聖的父與夫」

（六）強盜書類「水滸七俠五義施公案等」

（七）才子佳人書類「三笑姻緣等

（八）下等諧謔書類 笑林廣記等」

（九）黑幕類

（十）以上各種思想和合結晶的舊戲

這幾類全是妨礙人性的生長，破壞人類的平和的東西，統應該排斥。這宗著作，在民族心理研究上，原都極有價值。在文藝批評上，也有幾種可以容許，但在主義上，一切都該排斥。倘若懂得道理，識力已定的人，自然不妨去看，如能研究批評，便於世間更為有益，我們也極歡迎。

人的文學，當以人的道德為本，這道德問題方面很廣，一時不能細說，現在只就文學關係上，略舉幾項。譬如兩性的愛，我們對於這事，有兩個主張，（一）是男女兩本位的平等，二是戀愛的結婚。世間著作，有發揮這意思的，便是絕好的人的文學。如諾威 Ibsen 的戲劇娜拉（EtDukkehjm）海女 Fruenfra Havet 俄國 Tolstoj 的小說 Anna Karenina 英 Hardy 的小說 Tess 等就是。戀愛起原，據芬闌學者 Westermarck 說由於「人的對於我快樂者的愛好」。卻又如奧國 Lucka 說，因多年心的進化，漸變了高上的感情，所以真實的愛與兩性的生活，也須有靈肉二重的一致。但因為現世社會境勢所迫，以致偏於一面的，不免極多。這便須根據人道主義的思想，加以記錄研究。却又不可將這樣生活，當作幸福或神聖，贊美提倡。中國的色情狂的淫書，不必說了。舊基督教的禁欲主義的思想，我也不能承認他爲是。又如俄國 Dostojevskij是偉大的人道主義的作家。但他在一部小說中，說一男人愛一女子，後來女子愛了別人，却竭力斡旋，使他們能夠配合。Dostojevskij自己，雖然言行竟是一致，但我們總不能承認這種種行爲，是在人情以內，人力以內，所以不願提倡。又如印度詩人Tagore做的小說。時時頌揚東方思想。有一篇記一寡婦的生活，描寫他的「心的撤提，」（Suttee）（撤提是印度古語。指寡婦與他丈夫屍體一同焚化的習俗。）又一篇說一男人棄了他的妻，子在英國別娶，他的妻子，還典賣了金珠寶玉，永遠的接濟他，一個人如有身心的自由，以自由別擇，與人結了愛，遇著生死的別離，發生自己犧牲的行爲，這原是可以稱道的事。但須全然出於自由意志，與被專制的因襲禮法逼成的動作，不能並爲一談。印度人身的撤提，世間都知道是一種非人道的習俗，近來已被英國禁止，至於人心的撤提，便祇是一種變相。一是死刑，一是終身監禁。照中國說，一是殉節，一是守節，原來撤提這字，據說在梵文，便正是節婦的意思。印度女子被「撤提」了幾千年，便養成了這一種畸形的貞順之德。講東方化的，以爲是國粹，其實祇是不自然的制度習慣的惡果。譬如中國人積久習慣了，見了人便無端的要請安拱手作揖，大有非跪不可之意，這能說是他的謙和美德麼？我們見了這種畸形的所謂道德，正如見了塞在罎子裏養大的，身子像羅蔔形狀的人，祇感著恐怖嫌惡悲哀憤怒種種感情，決不該將他提倡，拿他賞贊。

其次如親子的愛。古人說，父母子女的愛情，是「本於天性，」這話說得最好。因他本來是天性的愛，所以用不着那些人為的束縛，妨害他的生長。假如有人說，父母生子，全由私欲，世間或要說他不道。今將他改作由於天性，便極適當。照生物現象看來，父母生子，正是自然的意志。有了性的生活自然有生命的延續，與哺乳的努力，這是動物無不如此。到了人類，對於戀愛的融合，自我的延長，更有意識，所以親子的關係，尤為深厚。近時識者所說兒童的權利，與父母的義務，便即據這天然的道理推演而出。並非時新的東西，至於世間無知的父母，將子女當作所有品，牛馬一般養育，以為養大以後，可以隨便吃他騎他，那便是退化的謬誤思想。英國教育家 Gorst 稱他們為「猿類之不肖子，」正不為過。日本津田左右吉著文學上國民思想的研究卷一說，不以親子的愛情為本的孝行觀念，又與祖先為子孫而生存的生物學的普遍事實，人為將來而努力的人間社會的實際狀態，俱相違反；卻認作子孫為祖先而生存，如此道德中，顯然含有不自然的分子。祖先為子孫而生存，所以父母理應愛重子女，子女也就應該愛敬父母。這是自然的事實，也便是天性。文學上說這親子的愛的，希臘 Homeros 史詩 Ilias 與

Euripides 悲劇Troiades中說、Hektor夫婦與兒子的死別兩節，在古文學中，最爲美妙。近來Ibsen 的鬼(Gengangere)德國Sndermann的戲劇故鄉(Heimat)俄國Turgenjev的小說父子(Ottsy idjeti)等，都很可以供我們的研究，至於郭巨埋兒，丁蘭刻木那一類殘忍迷信的行爲，當然不應再行贊揚提倡。割股一事，尚是魔術與食人風俗的遺留，自然算不得道德。不必再叫他溷入文學裏，更不消說了。

照上文所說，我們應該提倡與排斥的文學，大致可以明白了。但關於古今中外的一件事上，還須追加一句說明，纔可免了誤會。我們對於主義相反的文學，並非如胡致堂或乾隆做史論，單依自己的成見，將古今人物排頭罵倒，我們立論，應抱定「時代」這一個觀念，又將批評與主張，分作兩事。批評古人的著作，便認定他們的時代，給他一個正直的評價，相應的位置。至於宣傳我們的主張，也認定我們的時代，不能與相反的意見通融讓步，唯有排斥的一條方法。譬如原始時代，本來祇有原始思想，行魔術食人肉，原是分所當然。所以關於這宗風俗的歌謠故事，我們還要拿來研究，增點見識，但如近代社會中，竟還有想實行魔術食人的人，那便祇得將他捉住，送進精神病院去了。其次，對於中外這個問題，我們也只須抱定時代這一個觀念，不必再劃出什麼別的界限。地理上歷史上，原有種種不同，但世界交通便了，空氣流通也快了，人類可望逐漸接近，同一時代的人，便可相並存在。單位是個我，總數是個人。不必自以爲與衆不同，道德第一，劃出許多畛域。因爲人總與人類相關，彼此一樣。所以張三李四受苦，與彼得約翰受苦，要說與我無關，便一樣無關，說與我相關，也一樣相關。仔細說，便只爲我與張三李四或彼得約翰雖姓名不同，籍貫不同，但同是人類之一，同具感覺性情。他以爲苦的，在我也必以爲苦這苦。會降在他身上，也未必不能降在我的身上。因爲人類的運命是同一的，所以我要顧慮我的運命，便同時須顧慮人類共同的運命。所以我們祇能說時代，不能分中外。我們偶有創作，自然偏於見聞較確的中國一方面，其餘大多數都還須介紹譯述外國的著作，擴大讀者的精神，眼裏看見了世界的人類，養成人的道德，實現人的生活。

（二）

新詩雜論

談新詩

——八年來一件大事——

胡適

一

民國六年（一九一七）一月一日，新青年第二卷第五號出版，裏面有我的朋友高一涵的一篇文章，題目是「一九一七年預想之革命。」他預想從那一年起，中國應該有兩種革命：（一）於政治上應揭破賢人政治之眞相，（二）於教育上應打消孔教爲修身大本之憲條。高君的預言，不幸到今日還不曾實現。「賢人政治」的迷夢總算打破了一點，但是打破他的，並不是高君所希望的「立於萬民之後，破除自由之阻力，鼓舞自動之機能」的民治國家，乃是一種更壞更腐敗更黑暗的武人政治。至於孔教爲修身大本的憲條，依現今的思想趨勢看來，這個當然不能成立；但是安福系的參議院已通過這種議案了，今年雙十節的前八日北京還要演出一齣徐世昌親自祀孔的好戲！

但是同一號的新青年裏，還有一篇文章，叫做「文學改良芻議，」是新文學運動的第一次宣言書。新青年的第二卷第六號接着發表了陳獨秀君的「文學革命論」。後來七年四月裏又有一篇

「建設的文學革命論。」這一種文學革命的運動，在我的朋友高君做那篇「一九一七年預想之革命」時雖然還沒有響動，但是自從一九一七年一月以來，這種革命——多謝反對黨送登廣告的影響——居然可算是傳播得很廣很遠了。文學革命的目的是要替中國創造一種「國語的文學」活的文學。這兩年來的成績，國語的散文是已過了辯論的時期，到了多數人實行的時期了。只有國語的韻文——所謂「新詩」還脫不了許多人的懷疑。但是現在做新詩的人也就不少了。報紙上所載的，自北京到廣州，自上海到成都，多有新詩出現。

這種文學革命預算是辛亥大革命以來的一件大事。現在星期評論出這個雙十節的紀念號，要我做一萬字的文章，我想，與其枉費筆墨去談這八年來的無謂政治，倒不如讓我來談談這些要比較有趣味的新詩罷。

我常說，文學革命的運動，不論古今中外，大概都是從「文的形式」一方面下手，大概都是先要求語言文字文體等方面的大解放。歐洲三百年前各國國語的文學起來代替拉丁文學時，是語言文字的大解放：十八十九世紀法國囂俄英國華次活等人所提倡的文學改革，是時的言語文字的解放；近幾十年來西洋詩界的革命，是語言文字和文體的解放。這一次中國文學的革命運動，也是先要求語言文字和文體的解放。新文學的語言是白話的，新文學的文體是自由的，是不拘格律的。初看起來，這都是「文的形式」一方面的問題，算不得重要。却不知道形式和內容有密切的關係。形式上的束縛，使精神不能自由發展，使良好的內容不能充分表現。若想有一種新內容和新精神，不能不先打破那些束縛精神的枷鎖鐐銬。因此，中國近年來的新詩運動可算得是一種「詩體的大解放。」因爲有了這一層詩體的解放，所以豐富的材料，精密的觀察，高深的理想，複雜的感情，方才能跑到詩裏去。五七言八句的律詩決不能容豐富的材料，二十八字的絕句決不能寫精密的觀察，長短一定的七言五言決不能委婉達出高深的理想與複雜的感情。

最明顯的例就是周作人君的小河長詩。（新靑年六卷二號。）這首詩是新詩中的第一首傑作，但是那樣細密的觀察那樣曲折的理想，決不能是那舊式詩體詞調所能達得出的。周君的詩太長了，不便引證，我且舉我自己一首詩作例：

應該

他也許愛我，——也許還愛我，——

但他總勸我莫再愛他。

他常常怪我；

這一天，他眼淚汪汪的望着我

說道：你如何還想着我？

想着我，你又如何能對他？

你要是當眞愛我，

你應該把愛我的心愛他，

你應該把待我的情待他。

他的話句句都不錯。——

上帝幫我！

我「應該」這樣做！（嘗試集二，五六〇）

這首詩的意思神情都是舊體詩所達不出的。別的不消說，單說「他也許愛我，—也許還愛我」這十個字的幾層意思，可是舊體詩能表得出的嗎？

再舉康白情君的窗外：

窗外的閒月，

緊戀着窗內蜜也似的相思。

相思都惱了，
他還涎着臉兒在牆上相窺。
回頭月也惱了，
一抽身兒就沒了。
月倒沒了，
相思倒覺着捨不得了。(新潮一，四○)

這個意思，若用舊詩體，一定不能說得如此細膩。

就是寫景的詩，也須有解放了的詩體，方才可以有寫實的描畫。例如杜甫詩「江大漠漠鳥飛去，」何嘗不好？但他爲律詩所限，必須對上一句「風雨時時龍一吟，」就壞了。簡單的風景，「高臺芳樹，飛燕蹴紅英，舞困榆錢自落」之類，還可用舊詩體描寫。稍微複雜細密一點，舊詩就不夠用了。如傅斯年君的深秋永定門晚景中的一段：(新潮一，二○)

……那樹邊，地邊，天邊，
如雲，如水，如烟，
望不斷，——一線。

忽地裏撲喇喇一響，
一個野鴨飛去水塘，
彷彿像大車音浪，漫漫的工——東——噹。
又有種說不出的聲息，若續若不响。

這一段的第六行，若不用有標點符號的新體，決做不到這種完全寫實的地步。又如俞平伯君的春水船的中一段：(冬夜一，四○)

……對面來個△八，
拉着個單桅的船徐徐移去。
雙櫓插在舷脣，
皺面開紋，
活活水流不住。
船頭晒着破網。
漁人坐在板上，
把刃劈竹拍拍的响。

船口立個小孩，又憨又蠢，

不知爲什麼？

笑迷迷痴看那黃波浪。……

這種樸素眞實的寫景詩乃是詩體解放後最足使人樂觀的一種現象。

以上舉的幾個例，都可以表示詩體解放後詩的內容之進步。我們若用歷史進化的眼光來看中國詩的變遷地方，可看出自三百篇到現在，詩的進化沒有一回不是跟着詩體的進化來的。三百篇中雖然也有幾篇組織很好的詩如「氓之蚩蚩」「七月流火」之類；又有幾篇很好的長短句，如「坎坎伐檀兮」「園有桃」之類；但是三百篇究竟還不曾完全脫去「風謠體」(Ballad)的簡單組織。直到南方的騷賦文學發生，方才有偉大的長篇韻文。這是一次解放。但是騷賦體用兮些等字煞尾，停頓太多又太長，太不自然了。故漢以後的五七言古詩删除沒有意思的煞尾字，變成貫串篇章，便更自然了。若不經過這一變，決不能產生焦仲卿妻，木蘭辭一類的詩。這是二次解放。五七言成爲正宗詩體以後，最大的解放莫如從詩變爲詞。五七言詩是不合語言之自然的，因爲我們說話決不能句句是五字或七字，詩變爲詞，只是從整齊句法變爲比較自然的參差句法。唐五代的小詞雖然格調很嚴格，已比五七言詩自然的多了。如李後主的「剪不斷，理還亂，是離愁。別有一般滋味在心頭。」這已不是詩體所能做得到的了。試看晁補之的驀山溪：

……愁來不醉，不醉奈愁何？

汝南周，東陽沈，

勸我何如醉？

這種曲折的神氣，決不是五七言詩能寫得出的？又如辛稼軒的水龍吟：

……落日樓頭，斷鴻聲裏，江南游子，

把吳鈎看了，闌干拍遍，

無人會，登臨意。

這種語氣也決不是五七言的詩體能做得出的。這是三次解放。宋以後，詞變爲曲，曲又經過幾多變化，根本上看來，只是逐漸删除詞體裏所剩下的許多束縛自由的限制，又加上詞體所缺少的一些東西如襯字套數之類。但是詞曲無論如何解放，終究有一個根本的大拘束；詞曲的發生是和音樂合併的，後來雖有可歎的詞，不必歌的曲，但是始終不能脫離「調子」而獨立，始終不能完全打破詞調曲譜的限制。直到近來的新詩發生，不但打破五言七言的詩體，並且推翻詞調曲譜的種種束縛；不拘格律，不拘平仄，不拘長短；有什麼題目，做什麼詩；詩該怎樣做，就怎樣做。這是第四次的詩體大解放。這種解放，初看去似乎很激烈，其實只是三百篇以來的自然趨勢。自然趨勢逐漸實現，不用有意的鼓吹去促進他，那便是自然進化。自然趨勢有時被人類的習慣性守舊性所阻礙，到了該實現的時候均不實現，必須用有意的鼓吹去促進他的實現，那便是革命了。一切文物制度的變化，都是如此的。

三

上文我說新體詩是中國詩自然趨勢所必至的，不過加上了一種有意的鼓吹，使他於短時期內猝然實現，故表面上有詩界革命的神氣。這種議論很可以從現有的新體詩裏尋出許多證據。我所知道的『新詩人，』除了會稽周氏弟兄之外，大都是從舊式詩、詞、曲裏脫胎出來的。沈尹默君初作的新詩是從古樂府化出來的。例如他的人力車夫（新青年四，一〇）

日光淡淡，白雲悠悠，
風吹薄冰，河水不流，
出門去。僱人力車。街上行人，往來很多；車馬紛紛，不知幹些甚麼。
人力車上人，個個穿棉衣，個個袖手坐，還覺風吹來，身上冷不過。
車夫單衣已破，他却汗珠兒顆顆往下墮。

稍讀古詩的人都能看出這首詩是得力於「孤兒行」一類的樂府的。我自己的新詩，詞調很多，這是不用諱飾的。例如前年做的鴿子：（嘗試集二，二七。）

> 雲淡天高，好一片秋天氣！
> 有一羣鴿子，在空中遊戲。
> 看他們三三兩兩，
> 迴環往來，
> 夷猶如意，——
> 忽地裏，翻身映日，白羽襯青天，十分鮮麗！

就是今年做詩，也還有帶着詞調的。例如送任叔永回四川的第二段：

> 你還記得，我們暫別又相逢，正是赫貞春好？
> 記得江樓同遠眺，雲影渡江，驚起江頭鷗鳥？
> 記得江邊石上，同坐看潮回，浪聲遮斷人笑？
> 記得那回同訪友，日暗風橫，林裏陪他聽松嘯？

懂得詞的人，一定可以看出這四長句用的是四種詞調裏的句法。這首詩的第三段便不同了：

這回久別再相逢，便又送你歸去，未免太匆匆！

多虧得天意多留你兩日，使我做得詩成相送。

萬一這首詩趕得上遠行人，

多替我說「老任珍重珍重！」

這一段便是純粹新體詩。此外新潮社的幾個新詩人——傅斯年俞平伯康白情——也都是從詞曲裏變化出來的，故他們初做的新詩都帶着詞曲的意味音節。此外各報所載的新詩，也很多帶着詞調的例太多了，我不能遍舉，且引最近一期的少年中國，（第二期）裏周無君的過印度洋：

圓天蓋着大海，黑水托着孤舟。

也看不見山，那天邊只有雲頭。

也看不見樹，那水上只有海鷗。

那裏是非洲？那裏是歐洲？

我美麗親愛的故鄉却在腦後！

怕回頭，怕回頭，

一陣大風，雲浪上船頭，

颸颸，吹散一天雲霧一天愁。

這首詩很可表示這一半詞一半曲的過渡時代了。

四

我現在且談新體詩的音節。

現在攻擊新詩的人，多說新詩沒有音節。不幸有一些做新詩的人也以爲新詩可以不注意音節。這都是錯的。攻擊新詩的人，他們自己不懂得「音節」是什麼，以爲句腳有韻，句裏有「平平仄仄」「仄仄平平」的調子，就是有音節了。中國字的收聲不是韻母，(所謂陰聲)便是鼻音，(所謂陽聲)除了廣州入聲之外，從沒有用他種聲母收聲的。因此，中國的韻最寬。句尾用韻眞是極容易的事，所以古人有「押韻便是」的挖苦話。押韻乃是音節上最不重要的一件事。至於句中的平仄，也不重要。古詩「相去日已遠，衣帶日已緩。浮雲蔽白日，游子不顧返。」音節何等響亮？但是用平仄寫出來便不能讀了。

平仄仄仄仄，平仄仄仄仄

平平仄仄仄，平仄仄仄仄。

又如陸放翁：

我生不逢柏梁建章之宮殿，安得峨冠侍游宴？

頭上十一個字是「仄平仄平仄平仄平平平仄」，讀起來何以覺得音節很好呢？這是因為一來這一句的自然語氣是一氣貫注下來的，二來呢？因為這十一個字裏面，逢宮疊韻，梁章疊韻，不柏雙聲，建宮雙聲，故更覺得音節和諧了。

詩的音節全靠兩個重要分子：一是語氣的自然節奏，二是每句內部所用字的自然和諧。至於句末的韻腳，句中的平仄，都是不重要的事。語氣自然，用字和諧，就是句末無韻也不要緊。例如上文引晁補之的詞：「愁來不醉，不醉奈愁何？汝南周，東陽沈，勸我如何醉？」這二十個字，語氣又曲折，又貫串，故雖隔開五個「小頓」方才用韻，讀的人毫不覺得。

新體詩中也有用舊體詩詞的音節方法來做的，最有功效的例是沈尹默君的三絃：（新青年五，二。）

中午時候，火一樣的太陽，沒法去遮攔，讓他直曬長街上。靜悄悄少人行路；祇有悠悠風來，吹動路旁楊樹。

誰家破大門裏，半院子綠茸茸細草，都浮著閃閃的金光。旁邊有一段低低的土牆，擋住了個彈三絃的人，卻不能隔斷那三絃鼓盪的聲浪。

門外坐着一個穿破衣裳的老年人，雙手擁着頭，他不聲不響。

這首詩從見解意境上和音節上看來，都可算是新詩中一首最完全的詩。看他第二段以下一長句中，旁邊是雙聲；有一是雙聲；段，低，低，的，土，擋，彈，的，斷，盪，的，十一個都是雙聲。這十一個字都是「端透定」（D,T）的字，模寫三弦的聲響；又把擋，彈，斷，盪四個陽聲的字和七個陰聲的雙聲字（段，低，低，的，土，的，的，）參錯來用，更顯出三紋的抑揚頓挫。蘇東坡把韓退之聽琴詩改爲送彈琵琶的詞，開端是「呢呢兒女語，燈火夜微明，恩冤爾汝來去，彈指淚和聲。」他頭上選用五個極短促的陰聲字，接着用一個陽聲的「燈」字，下面「恩冤爾汝」之後，又用一個陽聲的「彈」字，也是用同樣的方法。

吾自己也常用雙聲疊韻的法子來幫助音節的和諧。例如一顆星兒一首（嘗試集二，五八○）

我喜歡你這顆頂大屋星兒，
可惜我叫不出你的名字。
平日月明時，
月光遮盡了滿天星，總不能遮住你。
今天風雨後，悶沉沉的大氣，

我望遍天邊，尋不見一點半點光明，

回轉頭來，

只有你在那楊柳高頭依舊亮晶晶地。

這首詩『氣』字一韻以後，隔開三十三個字方才有韻，讀的時候全靠『遍，天，邊，見，點，半，點，』一組疊韻字，（遍，邊，半，明，又是雙聲字，）和『有，柳，頭，舊，』一組疊韻字夾在中間，故不覺得『氣』『地』兩韻隔開那麼遠。

這種音節方法，是舊詩音節的精采，（參看清代周春的『杜詩雙聲疊韻譜。』）能夠容納在新詩裏，固然也是好事。但是這是新舊過渡時代的一種有趣味的研究，並不是新詩音節的全部。新詩大多數的趨勢，依我們看來，是朝着一個公共方向走的，那個方向便是『自然的音節。』

自然的音節是不容易解說明白的。我且分兩層說：

第一，先說『節』——就是詩句裏面的頓挫段落。舊體的五七言詩是兩個字爲一『節』的。隨便舉例如下：

風綻　雨肥　梅（兩節半）

江間—波浪—兼天—湧（三節半）

王郎—酒酣—拔劍—斫地—歌—莫哀（五節半）

我生—不遲—柏梁—建章—之—宮殿（五節半）

又—不得—身在—滎陽—京索—間（四節外兩個破節）

終—不似—一朵—釵頭—顫裊—向人—欹側（六節半）

新體詩句子的長短，是無定的；就是句裏的節奏，也是依着意義的自然區分與文法的自然區分來分析的。白話裏的多音字比文言多得多，並且不止兩個字的聯合，故往往有三個字爲一節，或四五個字爲一節的。例如：

萬一—這首詩—趕得上—遠行人。

門外—坐着—一個—穿破衣裳的—老年人

雙手—抱着頭—他—不聲—不響。

旁邊—有一段—低低的—土牆—擋住了個—彈三絃的人

這一天——他——眼淚汪汪的——望着我——說道——你如何——還想着我？想着我一

你又如何——能對他？

第二，再說「音」——就是詩的聲調，新詩的聲調有兩個要件：一是平仄要自然，二是用韻要自然，白話裏的平仄，與詩詞裏的平仄有許多不大相同的地方。同一個字，單獨用來是仄聲，若同別的字連用，成爲別的字的一部分，就成了很輕的平聲了。例如「的」字「了」字，都是仄聲字，在「掃雪的人」和「掃淨了東邊」裏，便不成仄聲了。我們簡直可以說，白話詩裏只有輕重高下，沒有嚴格的平仄。例如周作人君的兩個掃雪的人（新青年六，三）的兩行：

祝福你掃雪的人！

我從清早起，在雪地裏行走，不得不謝謝你。

「祝福你掃雪的人」上六個字都是仄聲，但是讀起來自然有個輕重高下。「不得不謝謝你」六個字又都是仄聲，但是讀起來也有個輕重高下。又如同一首詩裏的「一面儘掃，一面儘下」八個字都是仄聲，但讀起來不但不拗口，並且有一種自然的音調。白話詩的聲調不在平仄的調劑得宜，全靠這種自然的輕重高下。

至於用韻一層，新詩有三種自由，第一，用現代的韻，不拘古韻，更不拘平仄韻。第二，平仄可以互相押韻，這是詞曲通用的例，不單是新詩如此。第三，有韻固然好，沒有韻也不妨。新詩的聲調既在骨子裏，——在自然的輕重高下，在語氣的自然區分，——故有無韻腳都不成問題。例如周作人君的小河雖然無韻，但是讀起來自然有很好的聲調，不覺得是一首無韻詩。我且舉一段如下：

……小河的水是我的好朋友，
他曾經穩穩的流過我面前，
我對他點頭，他對我微笑，
我願他能夠放出了石堰，
仍然穩穩的流着
向我們微笑……

又如周君的兩個掃雪的人中一段：

……一面儘掃，一面儘下：
掃淨了東邊，又下滿了西邊，
掃開了高地，又填平了窪地。

這是用內部詞句的組織來幫助音節，故讀時不覺得是無韻詩。

內部的組織，——層次，條理，排比，章法，句法，——乃是音節的最重要方法。我的朋友任叔永說，『自然二字也要點研究。』研究幷不是叫我們去講究那些『蜂腰』『鶴膝』『合掌』等等玩意兒，乃是要我們研究內部的詞句應該如何組織安排，方才可以發生和諧的自然音節。我且舉康白情君的送客黃浦一章（草兒在前集，一二）作例：

送客黃浦，
我們都攀着纜——風吹着我們的衣裳，——
站在沒遮闌的船樓邊上。
看看涼月麗空，
才顯出淡妝的世界。
我想世界上只有光，
只有花，
只有愛！
我們都談着，——
談到日本十年來的戲劇，
也談到『日本的光，的花，的愛』的須磨子。

我們到互相的看看，
只是昔昌有所思，
他不曾看着我，
他不曾看着別的那一個。
這中間充滿了別意
但我們只是初次相見。

五

我這篇隨便的詩談做得太長了，我且略談「新詩的方法」作一個總結的收場，

有許多人曾問我做新詩的方法，我說，做新詩的方法根本上就是做一切詩的方法，新詩除了「新體的解放」一項之外，別無他種特別的做法。

這話說得太攏統了。聽的人自然又問，那麼做一切詩的方法究竟是怎樣呢？

我說，詩須要用具體的做法，不可用抽象的說法。凡是好詩，都是具體的；越偏向具體的，越有詩意詩味。凡是好詩，都能使我們腦子裏發生一種—或許多種—明顯逼人的影像。這便是詩的具體性。

李義山詩「歷覽前賢國與家，成由勤儉敗由奢，」這不成詩。為什麼呢？因為他用的是幾個抽象的名詞，不能引起什麼明瞭濃麗的影像。

「綠垂紅折筍，風綻雨肥梅」是詩。「芹泥垂燕嘴，蕊粉下蜂鬚」是詩。「四更山吐月，殘夜水明樓」是詩。為什麼呢？因為他們能引起鮮明撲人的影像。

「五月榴花照眼明」是何等具體的寫法！

「雞聲茅店月，人跡板橋霜」是何等具體的寫法！

「枯藤老樹昏鴉，小橋流水人家，古道西風瘦馬，夕陽西下，——斷腸人在天涯！」這首小曲裏有十個影像連成一串，並作一片蕭瑟的空氣，這是何等具體的寫法！

以上舉的例都是眼睛裏起的影像。還有引起聽官裏的明瞭感覺的。例如上文引的「呢呢兒女語，燈火夜微明，恩怨爾汝來去，彈指淚和聲，」是何等具體的寫法！

還有能引起讀者渾身的感覺的。例如姜白石詞，「暝入西山，漸喚我一葉夷猶乘興」。這裏面「一葉夷猶」四個合口的雙聲字，讀的時候使我們覺得身在小舟裏，在鏡平的湖水上盪來盪去。這是何等具體的寫法？

再進一步說，凡是抽象的材料，格外應該用具體的寫法。看詩經的伐檀：

坎坎伐檀兮，置之河之干兮

河水清且漣猗，——

不稼不穡，胡取禾三百廛兮！

不狩不獵，胡瞻爾庭有縣貆兮！

社會不平等是一個抽象的題目，你看他却用如此具體的寫法。

又如杜甫的石壕吏，寫一天晚上一個遠行客人在一個人家寄宿，偷聽得一個捉差的公人同一個老大婆的談話。寥寥一百二十個字，把那個時代的徵兵制度，戰禍，民生痛苦，種種抽象的材料，都一齊描寫出來了。這是何等具體的寫法！

再看白樂天的新樂府，，那幾篇好的一如「折臂翁，」「賣炭翁，」「上陽宮人，」都是具體的寫法。那幾篇抽象的議論「七德舞，」「司天臺，」「采詩官，」——便不成詩了。

舊詩如此，新詩也如此。

現在報上登的許多新體詩，很多不滿人意的。我仔細研究起來，那些不滿人意的詩犯的都是一個大毛病，——抽象的題目用抽象的寫法。

那些我不認得的詩人做的詩，我不便亂批評。我且舉一個朋友的詩做例。傅斯年君在新潮四號裏做了一篇散文，叫做一段瘋話，結尾兩行說道：

我們最敬重的是瘋子，最當親愛的是孩子。瘋子是我們的老師，孩子是我們的朋友。我們帶着孩子，跟着瘋子走，走向光明去。

有一個人在北京晨報裏投稿，說傅君最後的十六個字是詩不是文。後來新潮五號裏傅君有一首前倨後恭的詩，——一首很長的詩。我看了說，這是文，不是詩。

何以前面的文是詩，後面的詩反是文呢，因爲前面那十六個字是具體的寫法，後面的長詩是抽象的題目用抽象的寫法。我且抄那詩中的一段，就可明白了：

倨也不由他，恭也不由他！——
你還報他。
向你倨，你也不削一塊肉；同你恭，你也不長一塊肉。
況且終竟他要向你變的，理他呢！

這種抽象的議論是不會成爲好詩的。

再舉一個例。新青年六卷四號裏面沈尹默君的兩首詩。一首是赤裸裸。

人到世間來，本來是赤裸裸，

本來沒汚濁，却被衣服重重的裹着，這是為什麽？
難道淸白的身不好見人嗎？那汚濁的裹着衣服，就算免了恥辱嗎？

他本想用具體的比喻來攻擊那些作僞的禮教，不料結果還是一篇抽象的議論，故不成爲詩。還有好一首生機：

刮了兩日風，又下幾陣雪。
山桃雖是開着，却凍壞了夾竹桃的葉。
地上的嫩紅芽，更殭了發不出。
人人說天氣這般冷，
草木的生機恐怕都被摧折；
誰知道那路旁的細柳條。
他們暗地裏却一齊換了顏色！

這種樂觀，是一個很抽象的題目。他却用最具體的寫法，故是一首好詩。

我們徽州俗話說人自己稱贊自己的是「戲臺裏喝采。」我這篇談新詩裏常引我自己的詩做例，也不知犯了多少次「戲臺裏喝采」的毛病。現在且再犯一次，舉我的老鴉做一個「抽象的題目用具體的寫法」的例罷：

我大清早起，

站在人家屋角上啞啞的啼。

人家討嫌我，

說我不吉利：

我不能呢呢喃喃討人家的歡喜！

論散文詩

西諦

(一)

散文詩在現在的根基，已經是很穩固的了。在一世紀以前，說散文詩不是詩，也許還有許多人贊成。但是在現在而說這句話，不惟「無徵」，而且是太不合理。因為許多散文詩家的作品已經把「不韻則非詩」的信條打得粉碎了。

即以古代而論，詩也不一定必用韻。「日出而作，日入而息，鑿井而飲，耕田而食，帝力於我何有哉。」的歌與所有各國古代的詩歌，都是沒有固定的Rhythm沒有固定的「平仄」或Metre

詩。

如果必以有韻的辭句始得名爲詩，則惠得曼(Walt Whitman)卡本脫(E. Carpenter)亭來(Henley)屠格涅夫(Turgeneff)王爾德(O. Wild)阿彌朗威爾(Amy Lowell)諸詩人的作品不能算做詩麼，執『這種見解，則必要把全部的希伯來的詩，全部的條頓民族(包括古代德國，古代英國及冰島)的詩與許多近代所謂自由詩都摒斥在詩的範圍以外了。』(一)

所以我們說無韻的文辭都不是詩，正如同說有韻的文辭都不是詩一樣的不合理。因爲詩的主要條件，決不是韻不韻的問題。有韻的文辭不一定就是詩；印度的醫經或關於科學的書或中國的『湯頭歌，』『輿地歌，』『三字經，』『燒餅歌』之類，他們是有韻的，但是決不能算做詩。

(二)

在這一層，我願意更詳細的研究一下。

詩的特質何在呢？固然有許多人說，詩的特質在於韻。如Johnson以爲詩是『有韻的文章，』(二)卡萊爾(Carlyle)以爲詩卽『我們所稱爲音樂的思想的。』(三)阿倫玻(E. Allan Poe)以爲詩是『有韻的美的創作。』四)Courthope以爲詩是『產生愉感的藝術用有韻的文句來適當的表現想像的思想與情感的。(五)Watts Dunton以爲詩是『用情緒的，有韻的文辭，來具體的，藝術的表現人類的心靈的○(六)Winchester以爲「詩可以定義爲情緒的文學的分枝，用有韻的形式寫出來的○(七)Stedman在他的著名的「詩的性質與要素」一書裏也把詩的定義定爲「詩有韻的想像的文辭，表現人類靈魂的發明，趣味，思想，熱情與內在的」(八)但是另外還有許多人却把詩的有韻與否的問題完全忽視了：最初做「詩學」的阿里士多德就是如此○他定義「詩人」爲一個「作者」就是「發明」或是「想像」的人○華資沽斯(Wordsworth)則以詩爲「被熱情活潑潑的引入心中的眞理；」「一切知識的最初與最終者；」是「一切知識的呼吸與更優美的精神」是「從情緒上發生出來的強有力的情感的自然流溢　而在平靜裏重集弄來的○」喻史金(Puskin)則以詩爲「用想像來代表高尚情緒的高尚景地的○」席勒(Halley)在他的「詩的保護」則以爲詩「想像的表現○Hazliii則以詩爲「想像與熱情的文字○」(九)麥加萊(Macaulay)則以爲詩是「在想像上發生出一種幻象的用字的藝術，就是同畫家用顏色一樣的用字的藝術○」(十)馬太，阿諾爾MarthewArnold以爲詩「是人類文字所能發達出的最愉快，最完全的寫下的形式；」(十一)是人生的批評，是「在爲的詩的眞與詩的美的定律所規定的適於這種批評的狀態底下的人生的批評○」(十二)Keble以爲詩是「過度的感情或是充溢的想像的洩出口○」十三「oyl以爲詩所表現的是我們「對於現在及現實的不滿足○」(十四)他們都什麼沒有講到詩是否有韻○

在這兩種詩的定義中，第二種固然有許多嫌於過於空泛，或是可以稱爲文學的定義，而不可稱爲詩的定義的，但在第一種中，他們都以詩的要素之一，成最重的，是韻 包括 Metre 與(Rhythm)這也未免於忽視散文詩及自由詩的成績了。

我們要曉得詩的要素，決不在有韻無韻。——就是有韻。，也不一定是必須有韻脚，或是固定的平仄——因爲在詩裏面，所包含的元素是：

(一)情緒　這是最重要的。；抒情詩尤完全以此爲主要的元素。就是史詩，也必須雜了不少的情緒要素在內。

(二)想像　許多人都定義詩爲「想像的文字。」

(三)思想　詩中也是含有理性的分子的。

(四)形式　詩是用最能傳達，最美麗的形式，來做傳達詩的情緒與詩的想像與詩的思想的。

在形式方面，許多人都以爲不大重要。；因爲由歷史上觀察，詩的形式是常常的變更。，如中國的詩，最初的古時，有的有韻，有的無韻。；字數也不一定。後來一變而爲五言。；後來一變而爲七言。，再後來，又變爲「律」「絕，」必須是五言，或七言，並且必須是對偶……音節的平仄必須「二四六分明。」又後來，又變爲「詩餘」——詞——又另有一種規定的 Metre又如英國的詩Beowulf

用的是一項韻。」Heine的詩所用的韻也與以後的不同。自Henley受惠德曼的影響創作自由詩，詩的形式，更是變更了

但無論他們的形式怎麼變更，詩的情緒與詩的想像總絲毫沒有消失掉。決不能說用五言來表現的是詩，用七言律來表現的就不是詩。或是用有規律的韻文來表現的是詩，用「自由」詩體來表現的不是詩。

管他有沒有詩的情緒與情的想像，不必管他用什麼形式，來表現。有詩的本質——詩的情緒與詩的想像——而用散文來表現的是「詩。」沒有詩的本質，而用韻文來表現的，決不是詩。如謂凡「有韻的文章」都是詩，那末，就是主張，詩是有韻的情緒文學的 Winchester 也以為是決不能算為詩的定義了。(十五)

Spingarn 在他的 Creative Criticism 一書裏，論到「散文與韻文」，有一段話說得很好：

「希臘人的話的重點在於：「詩的試驗，不在於用散文或韻文，而在於想像力，因為如果以韻之有無為真實的試驗方法，那末，有韻的法律書與醫書變成詩，而散文的悲劇不是韻了。這是阿里士多德的話，二千年來的批評家與思想家沒有人能夠舉出理由把他廢除。但是無論是阿里士多德或為他的繼起者，在許多世紀中，他們都對於詩與韻文的分立都沒有疑惑，也無

論是承認兩[illegible]樣的話的，或是反對此[illegible]的話的，都[illegible]不預承認詩與文是[illegible]事之[illegible]存[illegible]，分立的二元，各有各的特質與他自己的生命。詩與韻文也許是合一的名辭，[illegible]調以為散文與韻文是不同的。但是散文與詩果真是不同麼？」（十六）

[illegible]說到這個地方，又舉出了好幾個例證明：

「不僅只散文與韻文沒有劃定的界線，並且，如果說只有韻的字句與無韻的字句之間有差別的存在，那末，就是在同一平仄的韻文中，也是同樣可有差別的。」（十七）

照此看來，可知散文與韻文，在形式上本來是沒有什麼截然可分別的。散文與韻文既沒有什麼分別，那末，詩的精神，在韻文的形式中表現出來，與在散文的形式中表現出來又有什麼兩樣呢？

而且散文詩的成績也已足證明散文決非不能為表現詩的情緒與詩的想像的工具。——也許表現得比韻文還活潑，還完全呢！

所以我們固不必堅執的說，與非用散文做不可，但我們也決不敢附和的以詩為「有韻的文章」，「非韻不為詩。」詩的要素，存於詩的情緒與詩的想像的有無，而決不在於韻的有無。

「詩與韻可以不必為同一的名辭」，這是我們十分確信的話。

（三）

但有許多人疑惑：文可以用散文寫出來，那末，同其他的散文，如小說，論文有什麼分別呢？並且Winchester說，凡是文學都包含有情緒與想像與思想幾個要素，這決不是詩的特質。如果詩沒有韻，那末，不是同別的文學一樣麼？

在這一層，我也願意畧畧的再說下。

凡是文學作品都包含情緒的元素在內，這句話，我是非常相信的。因為文學與哲學或一切科學的區別就在於此。不過在詩裏面，包含情緒更為豐富而感人。論文！文學化的 所含的情緒的元素較少，而知慧的元素較多。戲曲則是「表現的」作品（Moulton 的話，）不如詩之含有最多量的情緒的元素。

小說本是史詩的變化；他是敘述的，大部分的詩則多是直接引起讀者情緒。並且，詩的想像，另外有一種感化力，使我們看了，就知道他是詩，決不是小說，或論文或戲曲。有一種論文或敘述文，偶然帶了些詩意，我們就稱他做「詩的散文」。在用字方面，詩中所用的字句也有特別的選擇。太戈爾說：『詩使想選擇那些有生命的字眼，——那些不是為純粹報告之用，但能融化於我們心中，不以在市場中常用而損壞了他們的形式的字眼。』（十八）

總之詩與散文的分別在精神而不在有韻與否的形式。詩有『詩的』情緒，與『詩的』想像，我們一看，就知道決不會與散文的雜混。

更具體的講來，據 Rinni 的『文體綱要』所說，詩與散文——小說，論文等——的分別，約有五端：

（一）詩比散文更相宜於知慧的創造。許多人都有一種強烈的創造衝動，想創造說出以前沒有創造過的東西，而使之不朽：詩是他們更相當的創造物；因詩的形式較整齊，且詩中更容易傳達出自己的情感。

（二）詩是偏於文學的個人主義，就是適宜於表現自己，或自己的感情，散文偏於的學實用主義。

（三）詩是偏於暗示的；散文則多為解釋的。

（四）詩的感動力比散文更甚。這因為詩是純粹的感情文學之故。

（五）詩比散文更適宜於美的表現。（十九）

這與那韻不韻無關的。只有第一節，形式較整理，大半是因為有韻的原故，但這一節與詩文的分別無大關係——由此更可知：

詩之所以為詩，與形式的韻毫無關係了。

所以在理論上，散文詩的立足點，也是萬分的穩固價。並且「我們固不堅執的說，詩非用散文做不可，『然而在實際上，詩確已有由『韻』趨『散』的形勢了。

（四）

古代的詩學或科學，大體都是用韻文寫的。也有不用韻文的，這大約是因為古代印刷或紙筆沒有發明，思想或情緒之傳發極為不易，故不得不用韻文，以期便於上口，便於傳誦。但後來傳寫的工具，日易發達，許多做知慧的與情緒的文章的人，都嫌音韻之束縛困而羣趨於較更易自由表現自己的思想與感情的散文。小說就是由史詩所變化來的，現代的戲曲，也由摒除「劇詩」而改用散文來寫。抒情詩也多已用散文來寫。

除了英國的許多散文之作家以外，法國的鮑多萊耳（[illegible]）也很早的用散文來做詩。俄國的屠格涅夫也作了五十篇的散文。印度的太戈爾譯他自己的著作為英文，也用的是散文詩體。中國近來做的人也很多；雖然近來的新詩（白話詩）不都是韻文詩。[illegible]說：

「古代的詩歌大部分是韻文，（二十

近代的詩歌大部分是散文。」

這種是[illegible]現象、

許多人懷抱「非韻不為詩」的主見，以為「散文不可名詩，」實是不合理而且無知。

(附註)(一)見：(The New Age Encyclopaedia)詩字條下

(二) Hudson「文學研究」引 Coleridge 字與語。

(三)見「英雄與英雄崇拜。」

(四)見氏所著「詩之原理，」(Hudson引)

(五)見氏所著之 The Liberal Movement in English

(六)見『英國百科全書』詩字條上。

(七)見氏所著『文學批評原理』第二百三十二頁。

(八)見氏所著『詩的性質與要素』第四十四頁。

(九) Lectures on the English Poets (Hudson引)

(十)見 Essay on Milton

(十一)見氏所著「雜論。」

(十二)見氏『批評論文集』中之「詩之研究。」

(十三) Lscturesou Poetry (Hudson引)

(十四)見Lecturesou Poetry (Hudson引)

(十五)參看「批評文學原理」第二百二十七頁。

(十六)見氏所著 Creative Criticism第一百零二頁至一百四三頁。

(十七)同書第一百零七頁。

(十八)見氏所著「人格論」第三十一——三十二頁。

(十九)參看「The Elements of tyle第十一——三十七頁。本篇所言略有與之相異之處。

(二十)見氏所著「近代文學研究」第十六頁。(選文學旬刊)

（三）戲劇雜論

戲劇藝術辨正

——或浪漫的與古典的——

梁實秋

一　戲劇的定義

西洋戲劇已有很長的歷史，自哀斯克勒斯(一)以至易卜生(二)戲劇的學說和形式都有許多的變化。我們現在要問：戲劇是什麼　我們很難得一個圓滿的答案，因爲一方面我們不能找出一個定義，其寬廣可以把古今的戲劇無所不包，一方面古今的戲劇又有不同的衝突的地方，不容放在一個定義之下。欲免除這個難點，只有一個法子，即是：從理論方面給戲劇下定一個定義。至於現代的戲劇是否合於這個理論，我們姑且不問。這個定義是理想的，不是目前事實歸納成的一個原理。

(一)Aceschylus爲希臘詩人兼戲劇家。(525—456B.C.)　(二)Ibsen, Henrik爲挪威戲劇家。(1828—1906)

哈米爾敦(一)在他的「戲院學說」裏曾爲戲劇下一定義，其言曰：

「戲劇者，乃所以表演人與人間之意志力的奮鬥，由演員扮演在台上舉行，有觀衆注視，其表演的力量是情感而非理智，其表演的方法乃以客觀的動作出之」。

（一）Hamilton英國現代戲劇家。

哈米爾敦作這本書是在一九一零年。這個定義並沒有什麼新奇，例如他所謂「戲劇者乃所以表演人與人間之意志力的奮鬭」這個學說自鲁尼特（Ferdinand Brunetière）（一）在他的「Etudes Critiques」已經說過，我們再往上溯，可以推到亞里士多德（二）。不過這個定義有一點值得我們的特別注意。按哈米爾敦的意思，戲劇必須「由演員扮演，在台上舉行，有觀衆注視」，這三個條件，缺一便不成爲戲劇。這個見解是比較的近代的，而其影響極大，把戲劇的藝術與舞台的技術混爲一談。在現代美國一般研究戲劇的人裏，持此說最力者大概就是前哥侖比亞教授馬修士（Brabner Matthews）其關於戲劇與舞臺方面之著述垂二十種，無往不是鼓吹這個學說。現代人的性格，研究學問時喜歡實際的具體的試驗的，所以馬修士的學說正投時人之所好，風靡一時。一九二三年他出版了一本「戲劇家論編劇」在敘言裡他寫出他對戲劇的信條，第三條是：

「戲劇作家，無論其爲眞正詩人，或逢塲作戲，其寫戲時蓋無不望其排演，由演員扮演，在劇塲中舉行，有觀衆注視，是故其所寫之戲劇，亦總是自覺的或不自覺的被彼時彼地之演員劇場與觀衆所影響，所支配」。

（一）亦譯布輪退耳或卜呂列笛，法國批評家。（1849－1907）（二）Aristotle爲希臘哲學家，歐洲學問，多發源於亞氏，故嘗被稱學問之祖。（384-322B.C.）

演員、劇場、觀衆對於戲劇本身有極密切之關係，無人可以否認，但若以爲無演員劇場觀衆，則戲劇不能單獨存在，是不啻賓主倒置。至若以爲演員劇場觀衆乃戲劇本身不可少之成分，是眞誤解藝術至於極點。此點後文當再詳論：現在討論戲劇定義時我們先要提出一個根本原則：

戲劇是藝術的一種，是文學的一種，是詩的一種。

我們要先承認，藝術是「模倣」，其模倣之工具對象與體裁又不盡同，所以藝術才有不同的型類。戲劇在藝術裏究竟佔是什麼位置，各家學說不同，答案很難一致。譬如我說：「戲劇是藝術的一種」，有人立刻就要抗議：「非也！戲劇乃所有各種藝術的總合」。他的理由是：劇本是文學的產物；佈景化裝則有賴於繪圖，舞臺的佈置非有建築學的智識不辦，演員之言辭動作則屬雄辯學的範圍……。這個見解是顯然謬誤，因爲：假如戲劇是各種藝術的總合，那麼，他種藝術必定是戲劇的一部分了。換言之，我們若把戲劇分拆開來，則裏面的成分必定能夠獨立成爲各種藝術。然而事實上不是如此，理論上亦不應如此。一塊佈景，掛美術院裏，誰也不能承認那是美術作品。一位演員，立在演說台上，誰也不能承認他是雄辯家。所以我們不能承認戲劇是各種藝術的總合，只可承認戲劇是藝術的一種，佈景化裝等可爲戲劇的裝點，非是不可少的成分。

戲劇在藝術裏的位置，又是很難解決的一個問題。根據亞里士多德的學說，（詩學第一章）藝術的分類法有三個原則，一是對象，二是工具，三是體裁。戲劇的對象是人生，其工具是文字，其體裁是動作的。在對象與工具兩點上，戲劇已合文學的資格，實無疑義。至於體裁，則文學本有若干不同的體裁，故戲劇正可爲文學的一種體裁。所以亞里士多德便承認戲劇是詩的一種。他給悲劇下的定義是：

「悲劇者乃動作之模倣也，而其動作必爲嚴重的，必有起有訖，必有一定之長度。其文字則於全劇之各部分中經數種藝術的點綴的裝飾。其體乃動作而非敘述。其用在激發之哀憐恐怖之心，使此種情感得正當之排泄滌淨」悲劇在亞里士多德的眼光裏是最上乘的戲劇。所以右面的定義，亦可解釋做亞里士多德的戲劇的定義。亞里士多德已明白的指示我們，戲劇工具是文學。他在詩學第六章裏又說：

「化裝佈景等奪目之景象，雖有其自身之情感的吸力，但就戲劇各部而觀，乃爲最不藝術的，與詩的藝術的關係最淺。因爲悲劇的力量縱無演員與排演，亦可達於吾人。況且奪目之景象，其賴乎舞臺工匠之術者，固遠過於詩人之藝術也」。

在第二十六章裏又說：

「悲劇與史詩同可同樣的不藉演作而產生其效果，悲劇亦可由誦讀而表演其力量也」。

亞里士多德的意見很清楚，他認爲戲劇是詩的一種，其對象是人的動作，其工具是文字，其體裁爲動作的。其表現力量之方法可藉誦讀，亦可藉排演，但皆與戲劇藝術無涉。爲清晰起見，我們根據亞里士多德的精神，可作一簡單之定義，曰：

「戲劇者，乃人的動作之模倣也。其模倣的工具爲文字，其模倣的體裁乃非敍述的而是動作的。其任務乃情感之滌淨與人生的之批評」。

我們所謂模倣，當然是亞里士多德所謂的 Mimesis 而非人生實際的寫照。戲劇家即詩人之一種，必須深邃的理解人生，純熟的使用詩的藝術。當他得到靈感，領悟人生的眞理，并經藝術的佈置，此時戲劇已經在他心裡存在了。等到戲劇用文字寫出來，那便是得到戲劇的形體罷了。至若戲劇在舞臺上排演的時候，那只是實現戲劇之社會的功効而已，與一副圖畫懸掛在美術院裡固無差異。我們評判一個戲劇的好壞，只要看戲劇中劇情是否人生的模倣，其文字是否動人，其効果是否純正，其結構是否完整。至於此劇排演時之動作光綫化裝佈景則皆屬於眞正戲劇範圍的之內，猶之我們評判一副圖畫，固無須過問其鏡框之優劣，其懸掛之高低，其陳列室光綫之充足與否。一個戲劇的好壞，只有戲劇作者能負其全責，因爲戲劇中的人物，布局，取材，遣詞，皆是戲劇作者一個人的刻意經營的結果。這個工作非詩人莫辦。自古至今，沒有最大的戲劇家不是詩人。因爲戲劇就是詩的一種，也可說最高的一種。現今最流行的誤解，以爲戲劇是各種藝術的總合，以爲舞臺指導員佈景人化裝者均與戲劇作者佔同樣之重要，同爲戲劇上不可少之成分。殊不知戲劇之爲物，固可演不可演，可離舞臺而存在。

C.H.Coffin (一)在他的「戲劇的鑑賞」裏說：「戲劇 (Drama) 這個字，其源乃一動詞，意謂 to do 而戲劇卽此種動作之實踐——動作之表演。戲劇與詩或敘事文不同，卽因其可以目覩之物表現動作。在最原始的時代，——例如澳斯大利亞(二)之野人，演員只扮作野獸再有幾個演員扮作獵夫，——戲劇純粹是表現動作。但是文化演進以後，雖最古樸是戲劇，亦已有聲音的輔助。再後動作中乃有語言與對話之點綴」，我引這一段話的理由，卽因現代有許多的人主張戲劇非排演不可，其所持之理由，往往不出下列兩種(一)Drama 這個字的起源卽是「動作」之意，然則戲如何可以不演而仍爲戲？(二)戲劇的起源是祭神，再早爲跳舞，皆實在之動作。然則戲如何可以不演而仍成爲戲？這兩種見解，似是而非，請申言之。原始時代的跳舞或祭神，無論根據那一派的戲劇學說，都不能成爲完備的戲劇。我們把戲劇當作藝術，這是人類已有相當的文化以後的事。如其我們以爲應該倣效原始人類的精神，那們最邏輯的結果便是與盧梭（三）同歸，起而反對近代劇場。攷究 Drama 一字之起源，本是極合理的事，但不可誤解。古希臘戲劇學說，亞里士多德是集其大成，他分別悲劇史詩之主要點，即其體裁不同，換言之，一是敍述，一是動作。而此種不同之體裁固均屬於同一之工具——文字。是以 Drama 爲動作之意，誠屬不誣，但動作係指體裁言，非謂物質的舞臺上的動作。我們若明白亞里士多德的對於藝術的分類法，我們對於 Drama 字源自然不會誤解。誤解亞里士多德的第一個人，就是略斯台耳維持羅（四）他說：

「史詩是以文學代表文字，以文字代表動作。悲劇則以文字代表文字，以動作代表動作」。

（一）漢譯爲科芬美國著作家。（二）Australia 爲亞洲東南海中大島，舊稱五大洲之一。

（三）Rousseau, 爲法國大思想家及文學家。（1712 - 1798）其對於戲劇的批，作於一七五八年。（四）待考。

他以文字與動作相提并論，實大錯而特錯。他的誤解的結果，便是「三一律」的一大部分的產生○以動作代表動作，勢必至以一小時之動作，代表一小時之動作，此種求真之方法完全不中藝術的原則，違反了藝術的最高的條規○總之，我們若探求戲劇一字之字源，即不能不採納希臘時代之全部的戲劇學說，換言之，即不能不採納亞里士多德的藝術分類法○

(一)或作三一致，英名爲 Three Unity，係戲劇用語，謂戲劇之時間，處所，動作，三者必使一致○

二　戲劇與舞台

假如戲劇可以誦讀而表現其力量，那又何必排演呢？我們須知，有些戲劇在排演時往往反不能充分表現其力量○實在講，最上流的戲劇無不如此○例如莎士比亞(一)的戲劇，近來在美國常有排演，Jane Cowl Warfed, Hampden 等之排演的藝術不可謂不精，成績亦頗不惡，但吾人觀其排演，所得之快感亦並不見過於第二第三流的作家的戲劇○我們并不覺得有莎士比亞的成分在內○此其故何也？蘭姆伯 (Chories Tamb) 在他的「論莎氏悲戲劇是否合於舞台排演」裏說○

「莎士比亞的戲劇，比起任何別的作家，實是最不該在舞台上排演○……裏面有一大部分並不屬於演作的範圍以內，與吾人之眼，聲，姿勢，漫不相關」○

（一）Shakespeare 為英國大詩人兼戲劇家。（二）為英國文藝批評家。（1775—1834）

蘭姆伯所謂與排演無關的一大部分，即其認為莎士比亞過人的地方。哈姆雷脫（一）馬克白茲（二）是莎士比亞的創作，其人格異常複雜，在台上排演，適足以使其人格「物質化」，並且沒有人可以充分的代表哈姆雷脫，馬克白茲。故此蘭姆伯的結論即是。莎士比亞的劇本不合於排舞，較合於誦讀。蘭姆伯是浪漫的批評家，然而我們對於他的這個結論不能不表同情，雖然我們的理由並不一定與他相同，我們根據讀莎士比亞與看莎士比亞劇的經驗，研究莎士比亞戲劇之排演所以不及誦讀的緣故，可得數種解說。（一）在劇塲裏，觀衆甚多，吾人勢必陷於「羣衆心理」之內，此時只可受情感之衝突，甚難單獨清醒的瞭解戲劇之眞義，更難領略其藝術的成分。（二）在舞台上，有演員的動作，有化裝佈景的裝點，在在均足引誘我們的注意，使我們不能盡全副的精力去體會戲劇作家的使命。（三　舞台有物質的限制，甚難充分的表現戲劇作家原有之意象。吾人讀劇則有想像的充分的自由，而舞台上具體的表現，直接的可以限制我們的想像，間接的即妨礙對動作的了解。有此三項理由便可證明有些戲劇宜誦讀不宜排演，並非無因。

（一）Hamlet 為莎氏所著悲劇之一，成於一六零二年。（二）Macbeth亦莎氏悲劇之一，成於一六零六年。

但是我們並不反對劇場，劇場自有其相當的價值。劇場之用在供吾人以娛樂，這種娛樂可以說是藝術的但不是最高等的。最高的藝術其創造必有極大嚴重性，鑑賞最高之藝術亦須具極大之嚴重性。嚴重性者即阿諾德（一）論巢塞時所謂"High Seriousness"（Essays in Criticism, Vol. I. 34）此種嚴重性乃理性活動的產物，在劇場裏吾人較易受情感之支配，理性活動甚至於不可能。

（一）Arnold Matthew為英國評論家兼詩人。（1822—1888）

吾人欲鑑賞最高藝術，更須具有極深之想像力。想像力之應用不在於當時之耳目聲色的刺激。最高藝術與感官的關係最小。而最好的劇場所能供給者不過耳目的享樂，例如舞臺上之光線佈景的燦爛奪目，演員之聲調姿勢之誠摯動人，吾人可以耳聞目視，無所用其想像。這正是戲劇的效用。劇場的效用即在給吾人以若干之藝術的享樂，而不須觀衆方面若何之嚴重性與想像力。但是，我們同時要承認，劇場的效用也就止於此。最高的藝術則不能由劇場傳達於羣衆，實在講，最高藝術用任何方法亦不能傳達於羣衆。最高的藝術只有少數人能了解，而此少數人亦須具有嚴重性，並須有想像的力量，藝術自身有許多的等級，所以藝術的鑑賞亦有許多的等級，不能一概而論。最高藝術與次高藝術的分別的標準，卽其在嚴重性之有無，與其想像力之實地。最高的藝術的理解與次高藝術的享樂之分別的標準，卽在其鑑賞之方法。「Watson（一）享樂主義的學義」（Helonistic theories PP.50—60）裏論伊比鳩（二）曰：

「對於伊比鳩，口腹之樂，音樂之美，與由智慧得來的快樂，固無大異，但他看出一個不同的地方，感官之快樂乃由於外界刺激之一時的感覺，心靈的快樂則由於一種漂渺的快樂的印像而來……雖無外界之刺激亦可感得」。此說可爲佐證。

（一）漢譯作瓦特孫，美國著作家（1780—1860）（二）待攷。

劇場是爲民衆而設的，是爲民衆的娛樂而設的。所以劇場若不能傳達最高的藝術於民衆，亦理所不當然，非其弱點。那麼劇場本身是否藝術呢？劇場——包括舞臺在內——是藝術，但非純粹之藝術。舞臺藝術（Theatrical art）所以不是純粹的藝術的緣故，卽因其包涵一很大部分的技術（Craftsmanship）。「技術」者卽非創造性的一點技巧，可由學習而成者也。我們承認，較上的藝術往往亦有技術的成分，並且有時技術與藝術很難劃分出一個淸楚的界限。但就劇場論，舞臺之構造，有一定的物質的限制，光線的配合亦可由經驗與訓練而收良好之效果，其包涵技術之成分甚大，毫無疑義。這個問題似與本題無關，但我們要注意，劇場藝術與戲劇藝術是兩件不同的東西。戲劇的成功，固然是演員佈景者等俱有貢獻，不可埋沒，但根本上負責者應是戲劇的作者。（最好的戲劇往往不是「劇場的成功」。）劇場的失敗，負責最大者是演員佈景者等等，因爲一個劇本，排演起來不會比劇本產生更好的結果，而往往可以將好的劇本排演得一團糟。劇場的觀衆亦不注意劇本的好壞，而專重排演之是否活潑動人。這種態度是不錯的，因爲戲劇的好壞，原不必待其在劇場排演而後知。近年來舞臺藝術日新月異，日趨於繁難，亦可謂日趨於進步，吾人對之有相當之敬意，但我們絕不容把舞臺藝術與戲劇藝術混爲一談，戲之好壞與排演之好壞乃風馬牛不相及也。

有人把戲劇分爲兩種，一種爲可演的，一種爲可讀的。此種解說，殊屬無謂。戲劇的內質與價值均不因其是否可演或可讀而生歧異。又有人主張戲劇作者須考慮演員，舞臺，與觀衆，例如上文引到的馬修士教授，在「戲劇作家論編劇」裏他引羅培德維加（Lope de Vega）（一）科南意（Corneille）（二）莫里哀（三）的話以爲證明，但是，歷來大作家是否曾受演員舞臺與觀衆的影響，此爲一事，受此等影響是否即可助成其作品之偉大，此則又爲一事，前者是事實問題，後者是批評的問題。演員，舞臺，觀衆，是隨時隨地而改變的，而最高的藝術的價值則是普遍的固定的。我們現在鑑賞莫里哀，羅培德維加，科南意，只是讚歎彼等天才之偉大藝術之精到，與當時之演員，舞臺，觀衆，無涉也。有許多戲劇作家。例如莫里哀他自己，確是自己富有演戲或排戲的經驗。此種經驗對於編戲自有相當之鼓勵與助益。但戲劇之優劣既不待排演而後定，則此種經驗自難認爲是戲劇作家所不可少之條件。

（一）西班牙的戲曲作者。（1552—1665）（二）法國戲劇家。（1605—1684）（三）亦譯作摩利爾，法國喜劇作家。（1622—1673）

排演對於戲劇的重要，現代的一般從事於舞台藝術者鼓吹最力，其實此說發源甚早。略斯台耳維特羅在他的亞里士多德詩學評釋裏就說道：「悲劇只靠誦讀，不加排演，則不能產生其相當的功效」。此種見解根本的不合於亞里士多德的學說，略斯台耳維特不維但主張戲劇非排演不可，他還主張須使得一般的 L. Multiab-ine rozza 俱爲滿足愉快，此種見解在文藝復興時期已經流行，但是詩人在戲劇裏仍佔重要之位置。到了現代，不但詩人在戲劇的位置日趨於低降，而且戲劇與舞台併爲一談，以至舞台藝術幾乎就成爲戲劇藝術了。由最高藝術變爲混合藝術由混合藝術將有淪爲技術的趨向。

上文已經說過，我們並不反對劇場。戲劇經過排演以後，於其自身之價，並無損益。戲劇與舞台的關係，可以說是兩種藝術中間的關係。舞台是爲戲劇建設的，戲劇不是爲舞台而創造。舞台藝術是把戲劇藝術物質化，使一般民衆能得若干之了解，如是而已。佈景，化裝，表情，發音，排演，電光等等，總而言之，卽爲舞台藝術，；戲劇的藝術則包括戲劇的題材之選擇，結構之布置，人物之描寫，最後，人生動作之模倣。前者是多屬於技術(Technique)方面，後者則較爲哲學的dosloaophical。

三　觀衆與批評

希臘的戲劇是後代所不及，希臘的觀衆亦後代所不及。希臘觀衆的品味，的確比現代的爲高。我現在所要講的觀衆，係指現代的觀衆，尤其是美國的。

一般到劇場看戲的人，是爲娛樂。他們對於戲劇的表演，所要求的是激刺(Thrill)激刺的形式，無論是喜劇的幽默，或悲劇的恐怖與哀憫，最好是缺乏嚴重性，否則足以使人費心思索，有失一般人的娛樂之道。所以悲劇要哀而不慘，喜劇要謔而不諷，纔能得觀衆的熱烈歡迎。他們不但要看演的動作，並且還要看佈景。他們不但喜歡看佈景，並且認爲佈景是戲劇不可令的一個成分。他們不大注意戲劇作者是誰，更不大注意戲劇的意義。只要能在劇場坐了兩點多鐘，「Have a good time」沒有睡覺，便覺心滿意足。一般的觀衆的態度是如此，我也是如此。因爲一般人的態度如此，我的態度亦如此，所以紐約纔據說有八十幾家劇場存在。

凡是靠着自己的感覺而享受一件藝術品，其結果我叫他做「鑑賞」。凡是根據一個固定的標準而評判一件藝術品的價值，其結果我叫他做「批評」，我們可以由印像而得鑑賞，可以由品味而得批評。劇場裏的觀衆，是處在鑑賞者的位置，不是批評的位置。觀衆並不想問戲劇是否合於藝術原則，是否合於戲劇學說，是否人生之模倣，是否人生之批評，他們只要娛樂。

戲劇作者可以自由創作。可以不問觀衆的趣味，可以創作出一個觀衆看不懂的戲。可是劇場的主人一定投時人所好，不敢太大膽冲撞了觀衆，又不敢太大膽震驚了觀衆。所以紐約八十幾家劇場演好戲的沒有幾家，戲演不好的沒有一家。

歌德(一)存心要對於德國的國劇有所貢獻，於是作了「Iphigeni」與「Tasso」排演的結果是大大的失敗，原因是「沒有演員可以充分的扮演劇中的角色，沒有觀衆能夠得上鑑賞的資格」(見「與愛克曼談話記」一八二四年)歌德又說：「莎士比亞的戲劇當時所以流行，因爲有合適的觀衆，現今一八二四年的德國，沒有那樣好的觀衆」。歌德又說：「Tartuffe」之被政府禁止排演，對於莫里哀是一個重大的打擊。最介意的是導演者之莫里哀，非詩人之莫里哀也」。又說：「我不欲得羣衆之歡迎，popularity 蓋當今之世，偉大的作品只得供給少數人之同情的鑑賞」。歌德的見解，總說起來，就是：現今之觀衆無鑑賞最高藝術之能力，吾人苟欲盡全力以從事於創作，本必自命[illegible]，[illegible]那麼我們[illegible]又不[illegible]○觀衆的品味，我們仍願去盡力提高，但是我們明明知道，提到最高的程度，那是不可能的，我們不必妄想○一般人要看Vaudeville所以Vaudeville便到處皆是，有人喜歡看莎士比亞，所以莎士比亞的戲每年可以演三四個，有人喜歡讀莎士比亞，所以莎士比亞的著作有時不在書架上堆灰○要讓看Vaudeville的人去看莎士比亞，就不容易，要請他去讀「劇本」，戛戛乎其難哉！

(一)Go the，爲德國詩人兼戲劇家○

世界上只有「舞台批評家」，無所謂「戲劇批評家」○「戲劇批評家」這個名辭之不通，就如同「詩的批評家」「小說的批評家」……一樣的不通○藝術的型類繁多，其原理是一貫的○我們可以相對的承認「文學批評家」「美術批評家」的單獨的存在，所謂「戲劇批評家」則不可思議矣○（語見王爾德論文集）所謂 舞台批評家」者，其批評之對象不是戲劇，而是戲劇之排演○ 其人必須精通舞台上各種之藝術與其技巧，必須坐在劇場裏面，而又不以一般的觀衆的眼光爲眼光，所以他的意見不必與一般觀衆相合○他不批評戲劇作者的藝術，他批評的是演者，導演者，佈景者，化裝者○

批評戲劇的是誰呢？曰文學批評家。其人必須有批評的標準，必須有哲學的見識。他不必到劇場而後纔可批評；卽使到劇場去，他注重的是戲劇本身，而不是戲劇的演作與其佈景等。他批評戲劇，是批評戲劇的藝術，對於戲劇的技巧Technique)認爲是末節。所以一般的批評的意見，都差不多公認西洋最大的戲劇家是莎福克里斯，莎士比亞，莫里哀，而易卜生尚不能儕於其例。

戲劇的批評，和別種文學批評一樣，與觀衆無干，與戲劇舞台無干。批評舞台藝術或技術，且聯及於觀衆者，是「舞台批評家」。其批評之作品卽散見於報端之評論(Review)或刊成專書之「編劇原理」「劇場作法」「劇場管理」「愛美的戲劇」等等。

結論

馬修士在「戲劇作家論編劇」第五頁說。「在這二十世紀，尙有許多的批評家，他們堅持着把戲劇只常作文學看待，故意的忽視其與劇場必要之關係。是眞居心謬誤而已」。我們並不忽視戲劇與劇場之關係。假如我們忽視，受損失的是劇場不是戲劇。但我們是不反對劇場的存在，且甚願其日趨於發達。不過戲劇與劇場之關係究竟何似？是否是必要的關係？如是必要的關係；對那一方面是必要？此則本文所必欲解釋的地方。我們試信世界萬物，各有其相當之位置，各有其相當之價值，既不容崇彼而抑此，復不應牽扯而混雜。戲劇是戲劇，舞臺是舞臺，沒有戲劇當然就沒有舞臺，沒有舞臺，則仍可有戲劇。至若把戲劇與舞臺併爲一種藝術，是不但爲刑類之混雜，抑且藝術投降於技巧之象徵也。

西德尼(Sir philid Sidney)(一)曾爲詩辯護，因爲那時候淸教影響侵入詩的範圍，雪雷(Shelley)(二)曾爲詩辯證，因爲那時候詩受(philistine)(三)的功利觀念之攻擊，我們現在這個時候，戲劇藝術寖假投降於舞臺技術之下。不應該有人起來作相當的辯護嗎？

(一)英國小說家。(1554—1588)(二)亦譯作師梨或雪萊，英國大詩人。(1792—1823)(三)待考。

民衆的戲劇

西瀅

凡是關心藝術，眼光明瞭的人。誰都相信中國的舊戲是應當改良的，新戲是應當提倡的。我們也贊同這樣的意思。可是一般提倡新劇的人。我們以爲大都走進了「此巷不通」的死胡同。他們只知道新劇的要提倡的，他們却不問怎樣的新劇是可以提倡的。他們不問一齣戲是不是完全西歐的特產，裏面風俗思想能不能得到中國觀衆了解；他們更不問一齣戲是不是改頭換面的舊戲，只有舊戲的短處，沒有舊戲的長處；他們只要不見「新戲」的招牌，便覺得義不容辭的應當往看了。他們也未嘗不覺得坐在家裏舒服得多了，同朋友閒談有味得多了，但是爲了提倡新戲，不得不做多少的「犧牲」。所以他們坐在戲劇場裏，恭恭敬敬，肅然穆然，掙扎着不讓那與時俱增的呵欠，佔據勝勢；他們面上的神色，無異乎臨刑，他們的前後左右也大都如此。

自然舊戲場中他們是不肯涉足的。可是假使他們高興進去站一小時，（自然是爲名角登場的時候，其餘的時候，劇場不過是中國的一種交際場，又當別論，）他們一定會很奇怪的看見一般的觀衆，目瞪口呆，搖頭擺尾，手舞足蹈的置身劇中，忘記了一切憂悶勞苦。忘記了他們自己。

戲劇是民衆的藝術，尤其是娛樂民衆的藝術。你們要民衆捨棄了消憂忘愁的舊劇，來隨了你們去「犧牲」上法場，能不能有成功的希望？你們走的是死路？你們怎樣會得到民衆的贊助？

也許一般熱心新劇的先生們，太太們，小姐們看到這裏，又要勃然變色，痛駡我們的頑固，爲「好古」，爲提倡舊劇，爲排斥新劇。可是我們不能承認受罪，犧牲，是惟一提倡新劇的路徑。我們相信新劇是應當提倡的，但是又相信必須能給人愉快的新劇方值得提倡。我們不信舊戲是可以永久的，但是我們又相信牠有不可推敲的動人的魔力，很値得戲劇家的研究。總之，我們相信活的戲劇，好像的活樹，不能隨隨便便的改植在水土極不相似的地點，我們相信我們要栽樹，先須研究那地方的土質，氣候，濕度，；我們要創造戲劇，先須研究人民的思想，習慣，嗜好。

爲什麼舊劇的魔力那樣的大？因爲舊劇不僅是純粹的戲劇，牠是有絲竹歌唱的，牠是有合節奏的舉動，合條理的舞蹈的，牠是有鮮明奪目的衣飾的。所以中國的舊戲在戲劇的藝術以外，包含聲的藝術，色的藝術，動的藝術，雖然沒有一件不簡單，沒有一件不粗陋，現在的新戲，只有「文明戲」還能夠比較引動觀衆，而這種「文明戲」，不過是沒有音樂，沒有顏色，沒有合節奏的動作的舊戲，牠在戲劇藝術方面的幼稚可笑却不亞於舊戲，却又不像舊戲，沒有別種藝術來補救，怎樣能不相形見拙呢？

所以戲劇的將來至少有兩條路。一種是純粹的對話劇。自然這須是有趣味，有藝術，有意思對話劇，不是冒牌的改頭換面的舊戲。可是我們恐怕二三十年內，這種戲劇只會博得少數智識階級的賞鑒，所以很難成良好的職業的組織。至於民衆的戲劇，應當另走一條路——一種收舊戲之長而棄舊戲之短的創造。如果新中國的藝術家，音樂家，戲劇家及詩人肯細心的去研究中國已有的劇曲，再合力製作自己的新品，把單調的音樂改爲繁複有變化的，把簡單的顏色化爲優美相輝映的，把散漫的結構收成嚴密有精采的，把粗俗的字句修成文秀有風韻的，把男女分演改爲合演的，那麼舊的自然而然的淘汰消滅了。

這種有做，有說，有歌，有劇，有聲，有色的戲劇，就在歐美也非常的流行。所謂Opera Hght opera,P ratamusiccomedy ,royue 都無非是這一類的東西。牠們號召觀衆的能力，比對話劇大得多。可是因爲樂隊，舞隊，衣飾種種的費用和技術上的需要，也比對話劇大幾倍，所以在東方的西洋人不敢草率的排演，我們也就沒有瞻仰的機會。上星期三四北京的美術院和美國大學女友會居然在協和講堂排演Gilbert and Lu iyan的Lolanthe，我們佩服他們的勇氣，感謝他們給我們一個參考的機會。我們極失望的便是觀衆的中國人寥寥無幾。人家把美妙的東西放在我們的眼前，我們還閉了眼不瞧一瞧，未免太對人不起了。也許中國人的不去，不是不願去，還是爲了不知道這回事。那麼我們希望將來再有重演時候。

去年美術院曾經排演過三四次對話劇，幾乎沒有一次不給人很大的失望，今年的這齣滑稽音樂劇比對話劇又麻煩的多了，所以我們去看時並不抱多大的希望；然而結果却給我們很大的滿意。這兩天的電報上有一班荒唐的西人恭維這齣戲的表演，無微不至，簡直說牠勝過了所有的歐洲職業藝員的表演，我們雖然覺得這種話幼稚可笑，可是很承認在數人的劇團，這樣的成績是不易得到的。所以我們對於這戲的導演者MissAlnah James不勝的欽佩。

我們唯一不滿意的地方，便是似乎演中的一部分演員沒有了解作者的精神。Gilbert的作品在戲劇裏面正好像圖畫裏面的滑稽畫，他的精神在離開平正通達的直線走去那離奇古怪的曲線，所以表演的時候，最忌寫實的表情，不厭過火的舉動。演大法官的 Porfer 教授便深得作者的本意，演hyllis的 Graniot女士和Earl of Tollouer的Lolanthe 君也很相近了，其餘的演員，雖然有別種的擅長，在這一點很有些欠缺。

此外的小疵微瑕，我們不用，也不願一一的指摘，但是有一處似乎有討論的價值。Lolanthe受了仙后的命令，不准再和她的凡人丈夫相見，大法官也以為她已經死了。所以他們第一次遇到時，Lolanthe 以紗幕面，我想，第二次 Lolanthe 給她的兒子求情時，紗還是幕在面上的，直到大法官立意要其子的情人，才把紗去掉，露出本來面目，所以說 It may not be I am thy wife，所以大法官一見她立刻認識了。那天的表演，第一次遇面沒有幕紗，想來是演員倉猝忘記了她的紗。第二次她明明帶着紗，卻沒有幕面，想故意如此，我想是錯了。

（四）小說雜論

小說之藝術

——載東方雜誌——

黃仲蘇

中國文學作品雖有數千年長久的歷史，而小說則素爲人所蔑視，間或有一二傑出之士不爲世俗所囿，犧牲畢生精力，創造此類作品，亦不爲人所尊重，每視爲茶餘酒後之消遣物。數千年來文學以載道之正統思想，覺無形限制歷代小說家之活動，且直接養成一般人蔑視小說之心理，此或爲我國小說發展遠不如詩詞文賦之盛之重要原因乎？

在歐美方面，小說之發展亦係最近一二百年間事，正當詩歌戲劇蓬興之希臘文學時代，覺無人以散文小說作爲眞正文學作品看待，歷代文學評論家對於詩歌戲劇等作品往往加以嚴格的限制，唯恐其不尊法規，流入邪僻，而於小說則置之不聞不問，以爲不足批評。孰知近代小說勃興乃反受其放任之賜。唯小說之無所拘束，無所限制，故能自由發展，進益不已。

近代歐美小說之發達固應歸功於創作者之努力，然亦評論家多方獎勵，竭力解釋，有以致之。蓋不僅說明小說爲藝術之一枝，且時爲忠告，以鼓舞或警惕小說作家，其用意無非爲提高小說的價值，敦促作家之進步而已。

瓦特柏遜脫（一）以小說爲「一種最精美的藝術，可以圖畫，詩歌，音樂，雕刻，建築等併立，視爲姊妹之花。其久遠的歷史，可能性的廣博，與優越性的可靠，直與其他藝術無異。

（二）Walter Bes mi爲英國小說家。曾於一八八四年在倫敦皇家學院作一重要講演，題爲小說之藝術，竭力提倡小說創造。

「小說之爲藝術亦與其他藝術相似 乃爲若干種規律所統治，所指導。 此類規律之確定，顯明，正與音樂中之和諧律，圖畫中之比例律相同，可以傳授，使人學而習之者也。

「小說之所以得稱爲美術，而不視與機械的藝術同科者， 即因學爲小說者大都稟有特殊的天才，否則不能以任何規律相傳授焉。

「小說可稱爲最眞確的藝術，原始人民時代，愛聽故事之習尙，業已普遍，且流行最廣，無論其爲開化的，或野蠻的民族，皆有愛聽故事的習尙。小說在一切藝術中最富於宗教的情意，唯其爲最普遍的，最道德的藝術，故所加於人類之影响亦博大而深切」。

柏遜脫提出小說之特性約有三種：「（一）小說作品最能引起讀者之同情。（二）小說作家於複雜的人生最能引用選擇的方法，冷靜的觀察，與抑制的工夫，使毫無意趣的人事，能變爲有劇情的文字。（三）小說爲作者與讀者間傳達情思之利器。由是觀之，可知小說之領域爲全人類，而小說家之能事不僅爲創造，且爲發展人類之同情。選擇材料而整理之，乃其職責。、其給與人類之暗示正如作品中所敍述的故事之豐富而有趣。已往，現在，及至於未來，在小說藝術之中皆可有新發見，新表現，與新描寫」。

卽於數十年前，小說作品在歐美一般人心目中亦難得一確當地位，據柏遜脫觀察，乃有如下所述種種原因：

「其他藝術家，科學家，乃至於職業家，大都享有相當的榮譽爲社會人士所敬仰，唯小說家素不爲人所重視，縱有一二名家亦不能博得皇家學院之獎勵。既無相當之提倡，而欲求其不爲人所忽視，實爲天下最難之事！

「音樂家，雕刻家，與詩人，每每雜有誇張的意義以鼓吹其作品，於是無形中已提高其藝術之價値，而小說作家則不然，個人態度既係率直而坦白，絲毫不雜神秘的意義，其作品亦當然爲平易近人，無甚奇特者。

「小說家亦不似其他藝術家之互相聯絡，互相標榜，素無展覽會，聚餐會，或談話會種種盛舉，常於孤獨中爲謙卑的工作。既無求聞於當世之妄想，尤不願視所作爲珍秘奇特的藝術。其忍苦耐寂之精神可想見一斑」。

柏遜脫當時有此感嘆不爲無因。現在雖已稍稍境易事遷，小說已漸爲歐美人士所尊重，然而小說作家之獨立無依，人自爲單的刻苦生活，實仍與三五十年前相似。

亨利詹姆士(一)承認「小說之爲藝術，亦正與圖畫之爲藝術有同等的意義與價值。小說之所以能存在的唯一理由卽因其可以盡力的表現人生。圖畫不及小說之處惟爲完備(Completeness)一項，此實人盡能知者也。至於兩種作品所賜予人類之感興則實相同，其創作之歷程既相似，而工作之完成亦復相似，互相解釋，互相薰染，來源既同，事業亦可相輔而行，前種作品之光榮，莫非後種藝術之名譽也」。於此可知詹姆士不僅承認小說爲獨立的藝術，且進而說明小說與圖畫互相幻通之關係矣。

(一) Henry James 爲美國寫實派小說家。(1843—1916)其鼓勵小說作家之用心不讓柏遜脫，惟所持理論與方法不同，嘗著文駁柏氏之說。

魯易司蒂芳生(一)雖承認小說可以成爲一種藝術，而對於上述兩家所再三發揮「小說之藝術」一名辭則不甚贊同。以爲此種名辭過於空泛無當，且理由亦不充分，不如簡稱爲「敍述文的藝術」或更加「設想的」一形容詞較爲妥當，故認小說爲「設想的敍文之藝術」。

(一) Louis Stevenson 爲英國小說家。(1850—1894)嘗發表所作謙卑的抗議(A Humble Remonstrence)，於柏遜脫，詹姆士二人之議論皆無所苟同，獨抒卑見，爲沈溺於寫實派文

學之小說界痛下鍼砭，且進而另闢途徑，重樹其浪漫派之旗幟○

司蒂芬生謂『小說與圖畫，雕刻，建築等藝術皆立於同一的水平線上，且可超越一切藝術之上，蓋文學爲一種代表的，模範的藝術，而小說又爲文學中最高尚的作品，故小說亦成最高尚的，代表的，模範的藝術矣』○

至於莫泊三（一）在論小說一文中，對於小說是否能成爲藝術一問題，雖無明確的表示，然有時稱小說家爲藝術家，或者以爲此種問題無再討論之必要，蓋已默認小說可成爲一種藝術矣○

（一） Maupassant 爲法國自然派小說大作家○（1850—1893）嘗爲其名著長篇小說彼得與約翰（Pierre et Jean）作一長序，題爲論小說，係作者爲自然派小說作家明目張膽之重要文字○

法郎士（二）之深致不滿於莫泊三乃因其過於限制評論家之自由，所發言論雖爲評論家吐氣，然與小說作者之態度以及評論家之表現頗有關係○

（二） France, Anatole 爲法國小說家兼文學批評家○因見莫泊三論小說一文中多抑批評家而力揚創作者，與其所持之印象主義相衝突○遂著婁息莫泊三批評家與小說家一文以攻擊莫氏之說。

小說家既爲藝術之創作者，必具有特賦的天才，而天才之表現決不承受普通的規則與傳習的原理之拘束。每一藝術家的成功皆各有其特殊的原因，作者或可敍述其個人成功的經過，然而無論如何不能將自己所特具的天才傳授於人。唯吾人苟願了解其成功的原因，則不能不詳審其含有忠告意義之言論，此係作者切身經驗，創作苦辛，渠所提出之規律與原理雖爲其個人心血的結晶，吾人雖不必奉爲圭臬，視爲神聖不可侵犯，然於此中多少可得着許多教訓，果能體會，則一生創作享受不盡矣。

柏遜脫認爲凡屬較優的創作家應備有幾種最低限度的條件，此爲青年作家所應注意而加以鍛鍊者。例如：

「描寫的能力，忠實，眞確，觀察，概念的精密，綱要的嚴明，劇情的凝結，與旨趣的直捷，以及對於故事的眞實，與作品之優美而深切的信仰」。

柏遜脫最爲着重個人經驗的作家，以爲小說家的作品便是個人切身的經驗之報告，苟作者違背此原理，則於無形中喪失其描寫的眞實，故曾鄭重宣言曰：

「女子生長鄉間，不宜於描寫兵營生活。作者之親友如盡限於中產階級，則作品中的人物最忌爲貴族的舉止。作者如爲南方人，則作品中尤忌北地方言』。

至於創作小說，則所應收羅之材料尤不能不加以選擇。故柏遜脫有慮及此，特爲提出數種：（一）偶然的事實；（二）奇特的事實；（三）娛樂的事實；（四）有趣的事實。曾有言曰：

『小說不能無偶然的事實。亦猶之人生之不能無不可預料的事實也。……小說既爲一種敍述故事的藝術，富有經驗的作家自能使一切尋常事實變爲新奇』。

對於少年作家之創作態度，柏遜脫亦甚注意。

『作者無論敍述何種故事，皆應保持其高興的面目與熱烈的態度，卽在描寫悲劇之時，亦不應使讀者感覺煩惱，愁苦不堪。蓋作者自身的態度最能影响於讀者』。

『勿憂失敗』乃爲嘗試作家之成功的不二法門。『蓋小說亦往往不易受人歡迎，世間竟有無數作品，在銷行方面雖不甚普遍，面在藝術方面確有相當的價値。創作之計劃儘可變更，甚至拋棄素有的一切材料與習用的種種方法，而別用較新的方法與材料亦無不可。然而創作者之勇氣終當培養，切勿可因一再失敗而自餒，庶幾將來可有成功之一日』。

詹姆士之主張與柏遜脫之意見頗多不同，渠極不贊成柏遜脫所提出之條件，蓋嫌其過於確定，過於固執也。『傑作決非可以引用假定的規律與原則以評衡者 且健全的藝術家所要求者實非規律與原則，而爲完全的自由」。

「小說既爲作者一生的經驗之記錄，吾人評論作品應注意於作者對於人生的直接印象的何如，作品價値之高低，乃是根據作者印象之深淺而確定者也」。

「小說如有定律，亦決不能如音樂的和諧律與圖畫的比例律之簡單淺薄，可以精密而正確的傳授於人。蓋任何高尙的藝術之規律與原則皆係特殊的，而非普遍的，小說又何獨不然耶」？

柏遜脫之經驗論在詹姆士視之實近於陜隘而偏枯。「蓋經驗爲無限的，同時亦爲絕對不能滿足的。目所能見之一切人物與事實固爲經驗無疑矣，耳所能聞者又何獨非經驗乎？由一事以想像他事，由一理以推斷他理，皆可以謂之經驗。然則生長鄉間的女子安見不能描寫兵營生活耶」？

柏遜脫感受自然派小說之影響着重觀察，故主張舉凡平日所目擊的事實盡行錄入筆記，以備他日稍加整理，即可用作材料。詹姆士對於此點意見大致相同，唯尤重選擇。以爲小說家材料不是易得，筆記工夫固然不應疏忽，但所記事實並非完全可用，非加以審愼的選擇不可。唯詹姆士所謂選擇，乃是普遍的觀察所得的材料中作概括的選擇，而非柏遜脫所提出之代表的選擇也。蓋選擇材料應從最寬大最富豐處着手，不必自拘於狹隘的範圍之中。

柏遜脫對於小說之分類亦略有論述，謂「小說家每有所偏，作品有以專寫人物個性見長者，有以專敘複雜故事過人者」。而詹姆士則以此說爲大謬不然。「蓋事實乃人物活動之表現，而人物個性之描寫又專賴事實爲之說明，人物與事實有密切的相互關係，初不能分爲兩橛也」。

唯詹姆士與柏遜脫尙有一點相同意見，吾人不能加以注意，即柏遜脫所提出之眞實性也。詹姆士以此爲小說作品所應具有之唯一的，最高尙的條件，其他一切皆附屬之。

至於柏遜脫對少年作家所提出之忠告，詹姆士則認爲不滿，以爲此種言論僅能謂之暗示與感興而已，實則不甚正確也。

詹姆士告誡少年作家者則爲「誠懇」。唯「誠懇爲作者無上之權利，應盡量享受之，佔有之，擴大之，宣傳之，而欣賞之。全人生皆屬於汝，凡有以藝術僅寄託於某某局部爲言而相圍者切勿之聽。…… 對於人生之任何印象，及觀察人生與感覺人生之任何態度，皆可使小說家得有相當的位置。汝但牢記才識不同如大仲馬(Alexander Dumag)(一)之與啊斯頓(Jane Austen)(二)迭更司(C.harles Lickence)(三)之與弗羅貝G. Fla. lert)(四)皆在此領域中得有同等之榮譽。切勿爲悲觀主義與樂觀主義而愁慮，但求能了解人生本體之色采爲何如耳……」。

(一)法國小說家兼戲劇家。(1803—1870)(二)英國女小說家，(1775—1817)(三)英國小說家。(1821—1870)(四)法國小說家，其作品分浪漫派與寫實派兩種趨向。(1821—

1880)

魯易司蒂芬生對於詹姆士所主張的普遍觀察與概括選擇頗不贊同，以為『人生之複雜有非個人觀察力所能及其萬一者。且藝術家常不願犧牲其無謂之精力與時間，作漫無旨趣的普遍觀察，勢必取其較有意義者而加以注意，至於材料之選擇更不足以限制藝術家之自由，又況選擇之標準甚難確定，同一材料，甲作家用之而成功，乙作家用之或竟失敗。於此可知成敗之因不在材料本身，而在作家運用材料之藝術手腕也，實則眞正藝術家僅需感得一點微弱的人生之暗示，卽可發揮而光大之，成一傑作矣』。此種論調雖係直接反對詹姆士之概括選擇的主張，同時柏遜脫所提倡之代表選擇亦因之而駁倒。蓋以為創作者應有其選擇材料之自由，評論家實不必過於代為顧慮也。

詹姆士就人物與事實之關係上立論，否認小說作品的分類，而司蒂芬生則從作品內容的性質不着眼，故對於柏遜脫分類之主張甚以為然，於是倡言小說可分為三種：

（一）冒險小說(The Novel of Adventure)。

（二）表現人物個性的小說(The Novel of Character)。

（三）富於劇情的小說(The Dramatic Novel)。

司蒂芬生雖生於寫實派小說盛行時代，竟能不染習俗，保全特性，完成其浪漫派的作風。故所發言論與柏遜脫詹姆士莫泊三諸家迴異。嘗謂「藝術之價値原不在於故事之如何逼眞，人物之如何酷肖，而在於所取材料之含有代表性。作家不必拘泥小節，而應注意於材料的支配，俾能達到一共同目的，以完成其結構。蓋藝術作品之存在，不因其富有與人生近似性，而正因其與人生有不可測度的差別性，須知此爲小說之眞義，亦卽小說作法最重要之一點也」。

對於少年作家的態度，司蒂芬生既不如柏遜脫之諄諄告誡，亦不似詹姆士之放言高論，以爲與其告人以如何如何方能成爲最高尙的藝術，寧可指出何爲藝術最低微的標準。吾人對於初次嘗試的作者大可不必加以拘束。任其選用一最適宜的動機，所擇材料無論爲人物的描寫，或情感的表現，皆可聽其自便，所應進以忠告者，乃爲注意精密的結構一語，餘皆不勞他人之干涉也。

莫泊三否認小說有所謂規定的形式。「小說作法既無規則可循，而亦爲類萬千，執一以繩其餘，勢有所不能。世間唯有少數思想高尙者，可要求藝術家引用其最適宜的方式，以創造優美的作品。吾人對於作家不應徇私，妄辭批評。蓋各人觀點確有差別，是非美惡各有執著，實難盡同也。故藝術家應享有完全的自由權。任其自由自在觀察一切，思維一切，不必絲毫加以拘束，藝術家唯一個職責卽將其個人一生所得之幻象，運用平素修養與藝術手腕使之再現。幻象爲類萬千，美惡各異，莊諧不等，或有爲人所深惡而痛絕者，或有爲人所信仰而崇尙者，唯藝術家秉有權能，一切不顧，以強迫世人公認其私有的幻象爲眞實而懇切」。

寫實派作品中所描繪者爲作者對於人生精確的印象。「其目的原非爲誇張故事之神奇，人物之怪僻，使讀者稱快而已，僅結合若干微小瑣碎的事物以發揮其秘而不宣之意義，強迫讀者推理作品中深奧的旨趣。蓋寫實作家所指示者確非圖繪人生之平庸呆板的像片，而係描寫人生之較爲眞實，較爲懇切，較爲完備的幻象」。

浪漫派作品每每故爲誇張以滿足讀者之好奇心，實則與人生之眞實相去甚遠，故莫泊三對於此種作品頗加攻擊，時與司蒂芥生之藝術觀正相反對。

至於莫泊三之勸告少年作家，其態度之勤懇初不亞於柏遜脫。嘗引其師佛羅貝之言「文學天才僅爲長期的忍耐」以鼓勵後進。觀察來物應用精密的注意，長時的審辨，以求發現他人所未見及的情態，與未道破的意義。「舉世無絕對相同之兩砂，兩蠅，兩手，與兩鼻」。觀察者非十分精密不易審辨其不同之点，藝術家亦非十分精密不能描寫其不同之點也。

莫泊三對於創作家則多方爲之解釋，給以充分的自由，俾能無所顧忌，專心致志於作品，而於批評家則竭力加以拘束，唯恐其放言高論，有損於作品之意義與價值。一則曰『批評家不應先存派別之成見以妄肆攻擊』再則曰『批評家對於創作小說之毅力，應加以欣賞與了解，卽有所論衡，亦宜完全根據作品之內涵的成分，作精密的研究，方可發言』。唯創作者爲萬能自由之人，而批評家竟成爲備受拘束之奴隸矣。

法郎士根據所持之印象主義，反抗莫泊三之限制批評家之自由。批評亦係創造的藝術之一種，賞鑑他人作品而有所感應發爲文辭，此其自由也。所用方法不必與創作皆相同，而表現之手腕與艱苦卓絕之精神則與創作者之努力亦復無甚差別。莫泊三何獨於創作者多有恕解，而於批評家則責難備至，此法郎士之所以深致不滿也歟！

茲特綜合諸家意見以察其異同而辨其是非，請先述其相同者：

（一）對於小說是否能成爲藝術之一問題，柏遜脫詹姆士與司帶芬生皆有確的表示，承認小說作品確爲藝術之一種。莫泊三則稱小說家爲藝術家，蓋以爲此種問題已無待討論，至於法郎士當更無間言矣。

（二）關於小說之原則，詹姆士同意於柏遜脫所倡者僅爲「眞實」一點。其次則爲着重觀察。唯柏遜脫教人以普遍觀察，並用筆記，收羅一切，以便稍加整理卽成爲言，此蓋受曹拉(E, Zola)

(二)之影響而有此主張也。詹姆士雖贊同其筆記方法，唯對普遍觀察則認爲無聊之舉，蓋精神宜有所專注，取材方能精當。莫泊三既爲自然派健將，對於「眞實」一點自無異議，至於觀察方法尤所注重，唯未提及筆記耳。

(一)亦譯佐拉，爲法國自然派小說家中之健將。(1840—1903)

(三)尊重經驗爲柏遜脫與詹姆士同意之主張。唯柏遜脫所持之經驗論較爲狹隘，而詹姆士則爲之進一解，以爲經驗之說非僅限於目見者而已，實則凡屬想像所能追擬，與自己知而推理及於未知之一切事物皆得謂之經驗。是二人者所見雖同，唯深淺有別耳。

(四)詹姆士以爲小說作法並無定則，藝術作家之完成全有賴於個人之自由練習，莫泊三則更予創作家以充分自由，俾得觀察一切思維一切而無所顧忌，以發揮其天賦的智慧。二人所見不謀而合。

至其相異之點亦可得而分別述之如次：

(一)司蒂芬生與柏遜脫詹姆士及莫泊三三家派別不同，見解獨異。故一則曰『不求故之逼眞，人物之酷肖，而應求如何能使所取之材料成爲代表的』。再則曰『不必拘泥於事實之眞相，而宜妥爲支配之，俾能完成其規定之目的』。求眞之說在司蒂芬生視之直不値顧慮也。

（二）柏遜脫於普通的觀察頗有所發揮，詹姆士看重普遍的觀察。莫泊三乃於精密的觀察諄諄稱道，而司蒂芬生則以普遍的觀察爲事實上所絕對不可能者，藝術家但主張其目，取其所認可者加以注意，卽受用不盡矣。

（三）柏遜脫與詹姆士所贊賞之筆記方法，司蒂芬生竟認爲無聊之舉。人民之複雜奇特，不合理論，有非藝術家所能與之競爭者。苟以藝術作品比之人生，則較爲簡潔，而有限制，理性，與秩序。此與莫泊三之推崇藝術家謂有萬能以表現一切者亦有抵觸，蓋一則謂藝術家不能與人生競爭，而一則謂藝術家兼有權力以操縱一切也。

（四）柏遜脫以普通的觀察與代表的選擇爲創作小說之原則。詹姆士則着重普遍的觀察與概括的選擇。莫泊三亦予選擇再三囑咐，而司蒂芬生則以爲材料無不合用者，但視藝術家之如何表現，而成其互異的作品。

（五）小說之有分類　柏遜脫與司蒂芬生皆極主張，唯詹姆士認爲不妥，以爲人物表現與事實之敍述有不能分爲兩橛者。蓋表現人物端有賴描寫其活動，而敍述事實則往往以人物爲主體也。

（六）柏遜脫既認小說爲獨立的藝術，故謂小說之規律與圖畫之比例律，音樂之和諧律相似，可以互相傳授。而詹姆士則反對其說，以爲一切高尚藝術之規律皆爲特殊的，而非普通的，小說亦然，柏遜脫所提出者但能謂之暗示而已，不得稱爲規律也。

（七）法郎士僅向莫泊三提出抗議——否認批評家應受拘束之說，驟視之，似與其他諸家討論小說之藝術無甚關係，實則頗有注意之價值。蓋法郎士以爲文學批評係「一種思索而好奇的小說，而小說大都爲作家之自傳」。小說作家不僅自述其個人之印象，且對人生爲深刻之批評。批評家亦不過於他人傑作中宣洩其自然流露之情感而已。創作家終不能自限於敍述與描寫，每於不知不覺中對此複雜之人生加以批評。批評家亦不能自限於解釋與考證，往往因偉大傑作之感興而抒其不能自已之情思。且創作家偶一述及小說之作法，則不僅示人以規矩，必有所臧否。於他人作品則備加指摘，而於所作則保障之不遺餘力，此實不智之甚也。凡能欣賞文藝者必能加以批評。文藝既不禁止他人之欣賞，乃欲禁止其批評乎？

本篇之作，亦即根據此種原理以批評諸家之學說。

柏遜脫提倡小說藝術之熱忱極可欽佩，唯必欲勉製規律，強人服從，甚爲無謂耳。近代小說之興盛，即因其自有史以來無規律之可循，一任其自由發展。初則藉以諷刺世情，繼則用以宣傳思想，最近乃貫以劇情，雜以評論，寓以詩意而自樹一幟，蓋已蔚然成爲純文學之一種矣。

藝術家貴有自知之明，平日修養自應着重個人經驗，唯宜以作者自身之性情，氣質，時代，環境爲根據，而酌定其取材範圍之爲狹小抑爲寬廣。柏遜脫之代表的選擇，與詹姆士之概括的選擇皆有越俎之過，非中肯之論也。

人事紛繁，筆記收羅何能盡其萬一。與其信任記錄有限之文學，何如冷靜觀察，深刻記憶之爲愈耶。今日心目中所感受之印象既強，則將來宣諸文字亦自生動可觀。且才可懼者則爲作者之過於信任筆記，而想像力乃因之而日漸於貧乏也。

小說既爲人生之批評，故取材亦極豐富。無事不可敍述，無人不可描寫，要在作家之敏於感悟，善於選擇，與良於運用而已，（嘗謂選擇一字…意義非指被選擇之材料，實係指作家去取之能力而言）

至于派別之爭，嘗試作家初不必先存偏袒之意，且于浪漫寫實兩派重要傑作爲一度縝密之研究，既知其互有長短，方可有所去取，此爲平日藝術修養所不可忽視之工夫。

人生而有柔心與硬心之別。柔心者(Tender-minded)重情感，硬心者(Tough—minded)尊理智，唯其重情感，故以自我爲主，尊理智乃能崇尚客觀。吾人展讀浪漫派小說如哥德(一)所著少年維特之煩惱，司各德(二)之撒克遜刼後英雄畧，與羅騷(三)之新愛羅亞伊司，每覺其抒寫情忠親切恰人，然敍事寫人亦不免於誇張乖誕。寫實派的著作如佛羅貝之馬丹波娃利，莫泊三之彼得與約翰則以冷雋深刻著稱，其描寫之精，敍述之細，有非浪漫派小說所能及者。然展讀之餘輒哀感橫集，蓋於作品中初不能發見作者絲毫同情作用。故予嘗謂寫實派小說爲悲觀主義的文學，而浪漫派小說則爲抒情主義的作品也。青年作家必先有自知之明，然後乃有抉擇之可能，樂山樂水，自適其性，見仁見智，奚必強辨？

(一) Goethe Johanu Wolfgaug V on 爲德國詩人兼小說家。(1749—1832) (二) Scott, Sir Walter 爲英國浪漫派小說家(1771—1832) (三) Rousseau, Jean, Jacqnes 法國文學家、爲浪漫派之始祖。(1712-1778)

唯尙須爲一解者：強分派別，智者不爲。以某派某派自炫於世者，類皆自囿於一隅，不求進益者也。文藝活動初不應以派別而有所限制。小說名著在我國之紅樓夢小滸，其抒情，敍事，論人，寫物，深厚寬大，包羅萬家，吾人決不能強名之曰浪漫派或寫實派小說，猶之沙士比亞(一)之戲劇，華麗精密，無美不具，實難強隸以此派或他派也。

(一) Shakespeare, William 爲英國詩大人兼戲劇家。(1564—1615)

詳按諸家論文，除柏遜脫外，無一人謂小說作法有規定之原則者，且皆異辭同意，爲作家要求自由○自由確爲小說家之特別權利○其運思也，不爲強同，其叙事也，不襲史乘，其論人也，不循俗見，其狀物也，不拘細節。表現劇情而不受三一律之拘束，宣洩情意而不遵韻文之約束○或作自傳形式，或用尺牘體裁，或託遊記，或爲逸史，或似評論，或如戲劇，爲類萬千，難以盡述，皆一任作者之引用，初無軒輊於其間也○

小說作家苟欲於文藝界有所建樹，則不能不具極強之自信心，以保全其固有之自由，而維持其孤獨的奮鬬生活，否則未有不茫然無所適從者也○柏遜脫告人以「勿憂失敗」，佛羅貝則以「文學天才僅爲長期的忍耐」勉勵靑年作家，皆教人以養成自信心也○

吾人旣予小說作家以充分自由，則所期望之者亦不得不厚，然於作家之思想藝術切勿可稍加干涉○予個人所要求於今日我國之小說家者，乃爲作家之思想能光大其藝術，作品之藝術能表現其人格而已，他非所敢問也○

論短篇小說

胡適

一　什麼叫做「短篇小說」？

中國今日的文人，大概不懂「短篇小說」是什麼東西○現在的報紙雜誌裏面，凡是筆記雜纂，不成長篇的小說，都可叫做『短篇小說』。所以現在那些『某生，某處人，幼負異才……一日，遊某園，遇一女郎，睨之，天人也，……』一派的爛調小說，居然都稱為『短篇小說』！其實這是大錯的。西方的『短篇小說』，（英文叫做Short story）在文學上有一定的範圍，有特別的性質，不是單靠篇幅不長便可稱為『短篇小說』的。

我如今且下一個『短篇小說』的界說：

短篇小說是用最經濟的文學手段，描寫事實中最精采的一段，或一方面，而能使人充分滿意的文章。

這條界說中，有兩個條件最宜特別注意。今且把這兩個條件分說如下：

（一）『事實中最精采的一段或一方面』 譬如把大樹的樹身鋸斷，懂植物學的人看了樹身的『橫截面』，數了樹的『年輪』便可知道這樹的年紀。一人的生活，一國的歷史，一個社會的變遷，都有一個『縱剖面』和無數『橫截面』。縱面看去，須從頭看到尾，纔可看見全部；橫面截開一段，若截在要緊的所在，便可把這個『橫截面』代表這個人，或這一國，或這一個社會。這種可以代表全部的部分，便是我所謂『最精采』的部分。又譬如西洋照相術未發明之前，有種『側面剪影』(Silhouette)，用紙剪下人的側面，便可知道是某人。（此種剪像曾風行一時，今雖有照相術，尚有人爲之。）這種可以代表全形的一面，便是我所謂「最精采」的方面，若不是「最精采」的所在，決不能用一段代表全體，決不能用一面代表全形。

（二）最經濟的文學手段」形容「經濟」兩個字，最好是借用宋玉的話「增之一分則太長，減之一分則太短，着粉則太白，施朱則太赤」（一）。須要不增減，不可塗飾，處處恰到好處，方可當「經濟」二字。因此，凡可以拉長演作章回小說的短篇，不是眞正「短篇小說」；凡敘事不能暢盡，寫情不能飽滿的短篇，也不是眞正「短篇小說」

（一）見宋玉所著登徒子好色賦。

能合我所下的界說的，便是理想上完全的「短篇小說」。世間所稱「短篇小說」，雖未能處處都與這界說相合，但是那些可傳世不朽的「短篇小說」，決沒有不具上文所說兩個條件的。

如今且舉幾個例。西歷一八七〇年，法蘭西和普魯士開戰，後來法國大敗，巴黎被攻破，出了極大的賠欵，還割了兩省地，纔能講和。這一次戰爭，在歷史上，就叫做普法之戰，是一件極大的事。若是歷史家記載這事，必定要上溯兩國開釁的遠因，中記戰爭的詳情，下尋戰與和的影響：這樣記去，可滿幾本大册子。這種大事到了「短篇小說家」的手裏，便用最經濟的手腕去寫這件大事的最精采的一段或一面。我且不舉別人，單舉都德（Daudet）（二）和莫泊三（

Maupassant)(二)兩個人爲例。都德所做普法之戰的小說有許多種。我曾譯出一種叫做『最後一課』(La derniere classe)。(初譯名『割地』，登上海大共和日報，後改用今名，登留美學生季報第三年。) 全篇用法國割給普國兩省中一省的一個小學生的口氣，寫割地之後，普國政府下令，不許再教法文法語。所寫的乃是一個小學教師教法文的『最後一課』。 一切割地的慘狀，都從這個小學生口中看出，口中寫出。還有一種，叫做『柏林之圍』(Le siege de Berlin)，(曾載甲寅第四號 寫的是法皇拿破崙第三出兵攻普魯士時，有一個曾在拿破崙第一麾下的老兵官，以爲這一次法兵一定要大勝了，所以特地搬到巴黎，住在凱旋門邊，準備着看法兵『凱旋』的大典。後來這老兵官病了，他的孫女兒天天假造法兵得勝的新聞去哄他。那時普國的兵已打破巴黎。普兵進城之日，他老人家聽見軍樂聲，還以爲是法兵打破了柏林奏凱班師呢！這是一個法國極強時代的老兵，來反照當日法國大敗的大恥，兩兩相形，眞可動人。

(一)亦譯作杜德或多德，法國小說家。(1840—1898)(二)亦譯作莫泊桑，法國小說家。(1850—1893)

莫泊三所做普法之戰的小說也有多種。我曾譯他的『二漁夫』(Deuxamis)，寫巴黎被圍的情形，却都從兩個酒鬼身上着想。還有許多篇，如菲菲小姐(Mlle Fifi)之類，(皆未譯出)或寫一個妓女被普國兵士擄去的情形，或寫法國內地鄉村裏面的光棍，乘着國亂，設立「軍政分府」，作威作福的怪狀，……都可使人因此推想那時法國兵敗以後的種種狀態。這都是我所說的「用最經濟的手腕，描寫事實中最精采的片段，而能使人充分滿意」的短篇小說。

二　中國短篇小說的略史。

「短篇小說」的定義既已說明了，如今且略述中國短篇小說的小史。

中國最早的短篇小說，自然要數先秦諸子的寓言了。莊子列子韓非子呂覽諸書所載的「寓言」，往往有用心結構的當「短篇小說」之稱的。今舉二例，第一例見於列子湯問篇：

太形王屋(一)二山，方七百里，高萬仞，本在冀州之南，河陽之北。

北山愚公者，年且九十。面山而居，懲山北之塞出入之迂也，聚室而謀曰，「吾與汝畢力平險，指通豫南，達於漢陰可乎？」雜然相許。

其妻獻疑曰，「以君之力，曾不能損魁父(二)之丘。如太形王屋何？且焉置土石」？雜曰，「投諸渤海之尾，隱土之北」。遂率子孫荷擔者三夫，叩石墾壤，箕畚運於渤海之尾。

鄰人京城氏之孀妻，有遺男，始齔，跳往助之。寒暑易節，始一返焉。

河曲智叟笑而止之曰：「甚矣！汝之不慧！以殘年餘力，曾不能毀山之一毛，其如土石何」？北山愚公長息曰，「汝心之固，固不可徹，曾不若孀妻弱子！雖我之死，有子存焉。子又生孫，孫又生子；子又有子，子又有孫；子子孫孫，無窮匱也，而山不加增。何苦而不平」？

河曲智叟亡以應。

「操蛇之神」聞之，懼其不已也，告之於帝。帝感其誠，命夸娥氏二子負二山，一厝朔東，一厝雍南。自此，冀之南，漢之陰，無隴斷焉。

這篇大有小說風味。第一，因為他要說「至誠可動天地」，却平空假造一段太形王屋兩山的歷史。第二，這段歷史之中，處處用人名，地名，用直接會話，寫細小事物，即寫天神也用「操蛇之神」，「夸娥氏二子」等私名，所以看來好像真有此事。這兩層都是小說家的家數。現在的人一開口便是「某生」「某甲」，真是不曾懂得做小說的ABC。

(一)按太形，即太行山。王屋山，在今山西陽城縣西南。(二)小丘名，在河南陳留縣界。

第二例見於莊子無鬼篇：

莊子送葬，過惠子之墓，顧謂從者曰：

郢人堊漫其鼻端，若蠅翼，使匠石斲之。匠石運斤成風，聽而斲之，盡堊而鼻不傷。郢人立不失容。

宋元君聞之，召匠石曰，「嘗試爲寡人爲之」！

匠石曰，「臣則嘗能斲之。雖然，臣之質死久矣」！

自夫子（謂惠子）之死也，吾無以爲質矣！吾無與言之矣！

這一篇寫「知己之感，」從古至今，無人能及。看他寫「堊漫其鼻端，若蠅翼」，寫「匠石運斤成風」，都好像眞有此事，所以有文學的價値。看他寥寥七十個字，寫盡無限感慨，是何等「經濟的」手腕！

自漢到唐這幾百年中，出了許多「雜記體」的書，却都不配稱做「短篇小說」。最下流的如神仙傳（一）和搜神記（二）之類，不用說了。最高的如世說新語（三）其中所記，有許多很有「短篇小說」的意味，却沒有「短篇小說」的體裁。

如下舉的例：

（1）桓公（温）北征，經金城，見前爲瑯琊時種柳，皆已十圍。慨然曰，「木猶如此，人何以堪」！攀枝執條，泫然流涕。

(2)王子猷(徽之)居山陰，夜大雪，眠覺開室，命酌酒，四望皎然。因起彷徨，詠左思招隱詩，忽憶戴安道。時戴在剡，即便夜乘小船就之。經宿方至，造門不前而返。人問其故。王曰，「吾本乘興而來，興盡而返，何必見戴！」此等記載，都是採取人生極精采的一段小，用來代表那人的性情品格；所以我說世說很有「短篇小說」的意味。只是世說所記都是事實，或是傳聞的事實，雖有翦裁，却無結構，故不能稱做「短篇小說」。

(一)晉葛洪撰，錄神仙八十四人，凡十卷。(二)晉干寶撰，凡二十卷。(三)宋臨川王劉義慶撰，所記皆後漢至東晉間軼事瑣語，凡三卷。

比較說來，這個時代的散文短篇小說還該數到陶潛的桃花源記(一)這篇文字，命意也好，布局也好，可以算得一篇用心結構的「短篇小說」。此外，便須到韻文中去找短篇小說了。韻文中孔雀東南飛一篇是很好的短篇小說，記事言情，事事都到。但是比較起來，還不如木蘭辭更為「經濟」。

(一)文載陶淵明集。

木蘭辭記木蘭的戰功，只用「將軍百戰死，壯士十年歸」十個字；記木蘭歸家的那一天，却用了一百多字，十個字記十年的事，不為少；一百多字記一天的事，不為多，這便是文學的「

經濟」。但是比較起來，木蘭辭還不如古詩上山採蘼蕪更爲神妙。那詩道：

上山採蘼蕪，下山逢故夫。長跪問故夫：「新人復何如」？「新人雖言好，未若故人姝。顏色類相似，手爪不相如。新人從門入，故人從閤去。新人工織縑。故人工織素，織縑日一匹，織素五丈餘。將縑來比素，新人不如故，」這首詩有許多妙處：第一，他用八十個字，寫出那家夫婦三口的情形，使人可憐被逐的「故人」又使人痛恨那沒有心肝，想靠着老婆發財的「故夫」。第二，他寫那人棄妻娶妻的事，却不用從頭說起：不用說「某某，某處人，娶妻某氏，甚賢；已而別有所愛，遂棄前妻而娶新歡。……」他只從這三個人的歷史中挑出那日從山上採野菜回來遇着故夫的幾分鐘，是何等「經濟的手腕」！是何等「精采的片段」！第三，他只用「上山採蘼蕪，下山逢故夫」十個字，便可寫出這婦人是一個棄婦，被棄之後，非常貧苦，只得挑野菜度日，這是何等神妙手段！懂得這首詩的好處，方才可談「短篇小說」的好處。

到了唐朝，韻文散中都有很妙的短篇小說。韻文中，杜甫的石壕吏是絕妙的例。那詩道：

暮投石壕村，有吏夜捉人，老翁踰牆走，老婦出門看。吏呼一何怒！婦啼一何苦！聽婦前致詞：「三男鄴城戍。一男附書至，二男新戰死。存者且偷生，死者長已矣！室中更無人，惟有乳下孫。有孫母未去，出入無完裙。老嫗力雖衰，請從吏夜歸，急應河陽役，猶得備晨炊」。夜久語聲絕，如聞泣幽咽。……天明登前途，獨與老翁別！

這首詩寫天寶之亂，只寫一個過路投宿的客人夜裏偷聽得的事，不插一句議論，能使人覺得那時代徵兵之制的大害，百姓的痛苦，壯丁死亡的多，差役捉人的橫行，一一都在眼前。捉人捉到生了孫兒的祖老太太，別的更可想而知了。

白居易的新樂府五十首中，儘有很好的短篇小說。最妙的是新豐折臂翁一首。看他寫「是時翁年二十四，兵部牒中有名字，夜深不敢使人知，偷將大石搥折臂」，使人不得不發生「苛政猛於虎」的思想。白居易的琵琶行也算得一篇很好的短篇小說。白居易的短處，只因為他有點迂腐氣，所以處處要把做詩的「本意」來做結尾，即如新豐折臂翁寫末加上「君不見開元宰相宋開府」一段，便沒有趣味了。又如長恨歌一篇，本用道士見楊貴妃，帶來信物一件事作主體。白居易雖做了這詩，心中卻不信道士見楊妃的神話：所以他不但說楊妃所在的仙山「在虛無縹緲中」，還要先說楊妃死時「金鈿委地無人收，翠翹金雀玉搔頭」，竟直說後來的「天上」帶來「鈿合金釵」是馬嵬坡拾起的了！自已不信，所以說來便不能叫人深信。人說趙子昂（一）畫馬，先要伏地作種種馬相。做小說的人，也要如此，也要用全副精神替書中人物設身處地，體貼入微。做「短篇小說」的人，格外應該如此。為什麼呢？因為「短篇小說」要把所挑出的「最精采的一假」作主體，纔可有全神貫注的妙處。若帶點迂氣，處處把「本意」點破，便是把書中事實作一種假設的附屬品，便沒有趣味了。

(一)即趙孟頫，湖州人。本宋之宗室，後降元，官翰東。工詩文書畫，其書馬尤著稱於後世。

唐朝的散文短篇小說很多，好的却實在不多。我看來看去，只有張說的虬髯客傳(一)可算得上品的「短篇小說」。虬髯客傳的本旨只是要說「眞人之興，非英雄所冀」。他却平空造出虬髯客一段故事，插入李靖紅拂一段情史，寫到正熱鬧處，忽然寫「太原公子裼裘而來」，遂使那位野心豪傑絕念於事國，另去海外開闢新國。這種立意布局，都是小說家的上等工夫，這是第一層長處。這篇是「歷史小說」。凡做「歷史小說」，不可全用歷史上的事實，却又不可違背歷史上的實事。全用歷史的實事，便成了「演義」體，如三國演義和東周列國志，沒有眞正「小說」的價值。(三國所以稍有小說價值者，全靠其能於歷史實事之外，加入許多小說的材料耳。)若違背了歷史的實事，如說岳傳使岳飛的兒子掛帥印打平金國，雖可使一班愚人快意，却又不成「歷史的」小說了。最好是能於歷史事實之外，造成一些「似歷史又非歷史」的事實，寫到結果却又不違背歷史的事實。如法國大仲馬(二)的俠隱記，(商務出版。譯者君朔，不知是何人。吾以爲近年譯西洋小說當以君朔所譯諸書爲第一，君朔所用白話，全非鈔襲舊小說的白話，乃是一種特創的白話，最能傳達原書的神氣。其價値高出林紓百倍，可惜世人不會賞識。（寫英國暴君査爾第一世爲克林威爾所囚時(三)，有幾個俠士出了死力百計想把他救出來，每次都到將成功時忽又失敗；寫來極熱鬧動人，令人急煞，却終不能救免査爾第一世斷頭之刑，故不違背歷史的事實。又如水滸傳所記宋江等三十六人是正史所有的事實。滸水傳所寫宋江在潯陽江上吟反詩，寫武松打虎殺嫂，寫魯智深大鬧和尚寺……等事，處處熱鬧煞，却終不違背歷史的事實。）蕩寇志（四）便違背歷史的事實了）虬髯客傳的長處正在他寫了許多動人的人物事實，把「歷史的」人物如李靖，劉文靜，唐太宗之類，和「非歷史的」人物 如虬髯客紅拂是）穿插夾混，叫人看了竟像那時眞有這些人物事實。但寫到後來，虬髯客飄然去了，依舊是唐太宗得了天下，一毫不違背歷史的事實，這是「歷史小說」的方法，便是，虬髯客傳的第二層長處。此外還有一層好處。唐以前的小說，無論散文韻文，都只能敘事，不能用全副氣力描寫人物。虬髯客傳寫虬髯客極有神氣，自不用說了；就是寫紅拂李靖等「配角」，也都有自性的神情風度。這種「寫生」手段，便是這篇的第三層長處。有這三層長處，所以我敢斷定這篇虬髯客傳是唐代的第一篇「短篇小說」。

（一）按虬髯客傳　實杜光庭所作，見大平廣記一九三卷。（二）Dunlas, Alexander, pere 亦譯作杜馬，爲法國小說家兼戲劇家。（三）西元一六四六年，英王查爾一世（Charles I）與獨立黨戰，敗逃蘇格蘭，後蘇格蘭執英王歸於英，爲獨立黨首領克林威爾（Cromwell）所囚，至一六四九年，王遂被殺。（四）一名續水滸傳，淸山陰兪萬春撰。

宋朝是「章回小說」發生的時代。如宣和遺事和五代史平話等書，都是後世「章回小說」的始祖，宣和遺事中記楊志賣刀殺人，晁蓋八人等路劫生辰綱，宋江殺閻婆惜諸段，便是施耐菴水滸傳的稿本，從宣和遺事變成水滸傳，是中國文學史上一大進步。但宋朝是「雜記小說」極盛的時代，故宣和遺事等書，總脫不了「雜記體」的性質，都是上段不接下段，沒有結構布局的。宋朝的「雜記小說」頗多好的，但都不配稱做「短篇小說」。「短篇小說」是有結構局勢的；是用全副精神氣力貫注到一段最精采的事實上的。「雜記小說」是東記一段，西記一段，如一盤散沙，如一篇零用帳，全無局勢結構的。這個區別，不可忘記。

明清兩朝的「短篇小說」，可分白話與文言兩種。白話的「短篇小說」可用今古奇觀（一）作代表。今古奇觀是明末的書，大概不全是一人的手筆，。（如杜十娘一篇，用文言極多，遠不如賣油郎，似出兩人手筆。）書中共有四十篇小說，大要可分兩派：一是演述舊作的，一是自已創作的，如「吳保安棄家贖友」一篇，全是演唐人的吳保安傳，不過添了一些瑣屑節目罷了。但是這些加添的瑣屑節目便是文學的進步。水滸所以比史記更好，只在多了許多瑣屑細節。水滸所以比宣和遺事更好，也只在多了許多瑣屑細節，從唐人的吳保安，變成今古奇觀的吳保安，從唐人的李汧公，變成今古奇觀的李汧公，從漢人的伯牙子期，變成今古奇觀的伯牙子期，——這都是文學由略而詳，由粗枝大葉而瑣屑細節的進步。此外那些明人自己創造的小說，如賣油郎，如洞庭紅，如喬太守，如念親恩孝女藏兒，都可稱很好的「短篇小說」。依我看來，今古奇觀的四十篇之中，布局以喬太守為最工，寫生以賣油郎為最工，喬太守一篇，用一個李都管做全篇的線索，是有意安排的結構。賣油郎一篇寫秦重，花魁娘子，九媽，四媽，各到好處。今古奇觀中雖有很平常的小說，如（三孝廉，吳保安，羊角哀諸篇）比起唐人的散文小說，已大有進步了。唐人的小說最好的莫如虬髯客傳。但虬髯客傳寫的是英雄豪傑，容易見長。今古奇觀中大多數的小說，寫的都是些瑣細的人情世故，不容易寫得好。唐人的小說大都屬於理想主義（如虬髯客傳紅線，聶隱娘，諸篇）今古奇觀中如賣油郎，徐老僕，喬太守，孝女藏兒，便近於寫實主義了。至於由文言的唐人小說，變成白話的今古奇觀，寫物寫情，都更能曲折詳盡，那更是一大進步了。

（一）題抱甕老人選刻

只可惜白話的短篇小說，發達不久，便中止了，中止的原因，約有兩層：第一，因為白話的「章回小說」發達了，做少說的人往往把許多短篇略加組織，合成長篇，如儒林外史（一）和品花寶鑑（二）名為長篇的「章回小說」，其實都是許多短篇湊攏來的。這種雜湊的長篇小說的結果，反阻礙了白話短篇小說的發達了。第二，是因為明末清初的文人，很做了一些中上的文言短篇小說。如虞初新志（三）虞初續志（四）聊齋志異（五）等書裏面，很有幾篇可讀的小說。比較看來，還該把聊齋志異來代表這兩朝的文言小說。聊齋裏面，如續黃粱，胡四相公，青梅，促織，細柳……諸篇都可稱為「短篇小說」。聊齋的小說，平心而論，實在高出唐人的小說。蒲松齡雖喜說鬼狐，但他寫鬼狐卻都是人情世故，於理想主義之中，卻帶幾分寫實的性質。這實在是他的長處。只可惜文言不是能寫人情世故的利器。到了後來，那些學聊齋的小說，更不值得提起了。

（一）清吳敬梓撰。（二）清陳森書撰。（三）清張潮編。（四）清鄭澍若編。（五）清蒲松齡撰。

三　結論

最近世界文學的趨勢，都是由長趨短，由繁多趨簡要——「簡」與「略」不同，故這句話與上文說「由略而詳」的進步，並無衝突。……詩的一方面，所重的在於「寫情短詩」，（Lyrical poems，或譯「抒情詩」）像荷馬（Homer）（一）密爾頓（Milton）（二）但丁（Dante）（三）那些幾十萬字的長篇，幾乎沒有人做了；就有人做，（十九世紀尚多此種）也很少人讀了。戲劇一方面，莎士比亞（四）的戲，有時竟長到五齣二十幕，（此所指乃哈姆雷特（Hamlet）也）後來變到五齣五幕；又漸變漸成三齣三幕；如今最注重的是「獨幕戲」了。小說一方面，自十九世紀中段以來，最通行的是「短篇小說」。長篇小說如托爾斯泰（Tolstoy）（五）的「戰爭與和平」，竟是絕無而僅有的了。所以我們簡直可以說，「寫情短詩」，「獨幕劇」「短篇小說」一項，代表世界文學最近的趨向。這種趨向的原因，不止一種。（一）世界的生活競爭一天忙似一天，時間越寶貴了，文學也不能不講究「經濟」；若不經濟，只配給那些喫了飯沒事做的老爺太太們看，不配給那些在社會上做事的人看了。（二）文學自身的進步與文學的「經濟」有密切關係。斯賓塞（三）說，論文章的方法，千言萬言，只是「經濟」一件事。文學越進步，自然越講求「經濟」的方法。有此兩種原因，所以世界的文學都趨向這三種「最經濟的」體裁。今日中國的文學，最不講「經濟」。那些古文家和那「聊齋濫調」的小說家，只會記「某時到某地，遇某人，作某事」的死賬，毫不懂狀物寫情是全靠瑣屑節目的。那些長篇小說家又只會做那無窮無極九尾龜」一類的小說，連體裁布局都不知道，不要說文學的經濟了，若要救這兩種大錯，不可不提倡那最經濟的體裁，——不可不提倡眞正的「短篇小說」。

（一）希臘古代大詩人？其生存年代，約在紀元前十四世紀末葉　。（二）亦譯作彌爾敦，英國詩人。(1908—1674)（三）亦譯作丹第或滕堆意大利詩人。(1265—1321)（四）Shakespearc Wiliam為英國大詩人兼戲劇家。(1564—1616(　（五）俄國文學家兼大思想家。(1822—1910)

（六）Speneer,Edu　為英國詩人。(1552—1599)

（五）散文雜論

論散文

梁實秋

「散文」的對待的名詞，嚴格的講，應該是「韻文」，而不是「詩」。「詩」時常可以用各種的媒介物表現出來，各種藝術裏都可以含着詩，所以有人說過，「圖畫就是無音的詩」，「建築就是凍凝的詩」。在圖畫建築裏面都有詩的位置，在同樣以文字爲媒介的散文裏更不消說了。柏拉圖的對話，是散文，但是有的地方也就是詩；陶淵明的「桃花源記」是散文，但是整篇的也就是一首詩。同時號稱爲詩的，也許裏面的材料仍是散文。所以詩和散文在形式上劃不出一個分明的界綫，倒是散文和韻文可以成爲兩個適當的區別。這個的所在，便是形式上的不同： 文沒有準定的節奏，而韻文是規則的音律。

散文對於我們人生的關係，比較韻文爲更密切。至少我們要承認，我們天天所說的話都是散文。不過會說話的人不能就成爲一個散文家。散文也有散文的藝術。

一切的散文都是一種翻譯。把我們腦經裏的思想情緒想像譯成語言文字。古人說，言爲心聲。其實文也是心聲。頭腦笨的人，說出話來是蠢，寫成散文也是拙劣；富於感情的人，說話固然沉摯，寫成散文必定情致纏綿，思路清晰的人，說話自然有條不紊，寫成散文更能澄清徹底。由此可以類推，散文是沒有一定的格式的，是最自由的，同時也是最不容易處置。因爲一個人的人格思想，在散文裏絕無隱飾的可能，提起筆來便把作者整個的性格纖毫畢現的表示出來，在韻文裏，格式是有一定的，韻法也是有準則的，無論你有沒有什麼高深的詩意，只消按照規律填湊起來，平平仄仄一東二冬的敷衍上去，看的時候行列齊整，讀的時候聲調鏗鏘，至少在外表上比較容易遮醜。散文便不然，有一個人便有一種散文。喀賴爾(Carlyle)譯譯來辛的作品的時候說：每人有他自己的文調，就如同他自己的鼻子一般。」伯風(Buffon)說：「文調就是那個人。」

文調的美純粹是作者的性格的流露，所以有一種不可形容的妙處：或如奔濤澎湃，能令人驚心動魄：或是委婉流利，有飄逸之致：或是簡鍊雅潔，如斬釘斷鐵，……總之，散文的妙處眞可說是氣象萬千，變化無窮。我們讀者只有讚嘆的份兒，竟說不出其奧妙之所以然。批評家哈立孫(Freperick Harrison)說：「試讀服爾德，狄孚，綏夫特，高爾斯密，你便可以明白文字可以造到這樣奧妙絕倫的地步，而你並不一定能找出動人的妙處究竟是那一種特質。你若是要檢出這一個辭句好，那一個辭句妙，這個或那個字的音樂好聽，使你覺得是雄辯的，抒情的，圖畫的，那麼美妙便立刻就消失了。……譬如說左傳文的文字好，好在那裏？司馬遷的文章妙，妙在那裏？這眞是很難解說的。

凡是藝術都是人爲的。散文的文調雖是作者內心的流露，其美妙雖是不可捉摸，而散文的藝術仍是作家所不可少的。散文的藝術便是作者的自覺的選擇。弗老貝爾（Flaubert）是散文的大家，他選擇字句的時候是何等的用心！他認定只有一個名詞能夠代表他心中的一件事物，只有一個形容詞能夠描寫他心中的一種特色，只有一個動詞能表示他心中的一個動作。在千萬的辭字之中他要去尋求那一個——只有那一個——合適的字，絕無一字的敷衍將就。他的一篇文字是經過這樣的苦痛的步驟寫成的，所以纔能有純潔無疵的功效。平常人的語言文字只求其能達，藝術的散文要求其能眞實，——對於作者心中的意念眞實。弗老貝爾特別致力於字句的推敲，也不過是要把自己的意念確切的表示出來罷了。至於字的聲音，句的長短，在在都是藝術上所不可忽略的問題。譬如仄聲的字容易表示悲苦的情緒，響亮的聲音容易顯出歡樂的神情，長的句子表示溫和弛緩，短的句子代表強硬急迫的態度，在修辭學的範圍以內，有許多的地方都是散文的藝術家所應當注意的。

散文的美妙多端，然而最高的理想也不過是「簡單」二字而已。簡單就是經過選擇删芟以後的完美的狀態。普通一般的散文，在藝術上的毛病，大概全是與這個簡單的理想相反的現象，散文的毛病最常犯的無過於下面幾種：（一）太多枝節（二）太繁冗，（三）太生硬，（四）太粗陋。節枝多了，文章的線索便不淸楚，讀者要很用力的追尋文章的旨趣，結果是得不到一個單純的印象。太緊冗，則讀者易於生厭，並且在瑣碎處致力太過，主要的意思反倒不能直訴於讀者。太生硬，則無趣味，不能引人入勝。太粗陋，則令人易生反感，令人不願卒讀，並且也失掉純潔的精神。散文的藝術中之最根本的原則，就是「割愛」。一句有趣的俏皮話，若與題旨無關，只得割愛；一段題外的枝節，與全文不生密切關係，也只得割愛；一個美麗的典故，一個漂亮的字眼，凡是與原意不甚洽合者，都要割愛。散文的美，不在乎你能寫出多少旁徵博引的故事穿插，亦不在多少典麗的辭句，而在能把心中的情思乾乾淨淨直接了當的表現出來。散文的美，美在適當，不肯割愛的人，在文章的大體上是要失敗的，

散文的文調應該是活潑的，而不是堆砌的，——應該是像一泓流於那樣的活潑流動。要免除堆砌的毛病，相當的自然是必須要保持的。用字用典要求其美，但是要忌其僻。文字要裝潢，而這種裝潢要成爲有生機的整體之一部，不要成爲從外面粘上去的附屬品。散文若能保持相當的自然，同時也必能顯示作者個人的心情。散文要寫得親切，即是要寫得自然。希臘的批評家戴奧尼索斯批評柏拉圖的文調說：

「當他用淺顯簡單的辭句的時候，他的文調是很令人歡喜的。因爲他的文調可以處處看

出是光明透亮，好像是最晶瑩的泉水一般，並且特別的確切深妙。他只用平常的字，務求明白，不喜歡勉強粉飾的裝點。他的古典的文字帶着一種古老的斑爛，古香古色充滿字裏行間，顯着一種歡暢的神情，美而有力，好像一陣和風從芬芳的草茵上吹噓過來一般……」

簡單的散文可以美得到這個地步。戴奥尼索斯稱讚柏拉圖的話，其實就是他的散文學說，他是標榜「亞典主義」反對「亞細亞主義」的。亞典主義的散文，就是簡單的散文。

散文絕不僅是歷史哲學及一般學識上的工具。在英國文學裏，「感情的散文」（Impassioned prose）雖然是很晚產生的一個型類，而在希臘時代我們該記得那個「高超的郎占諾斯（The Sublime Lougiuus）」。這一位古遠的批評家說過，散文的功效不僅是訴於理性，對於讀者也是要以情移。感情的滲入，與文調的雅潔，據他說，便是文學的高超性的來由。不過感情的滲入，一方面固然可以救散文生硬冷酷之弊，在另一方面也足以啓出恣肆粗陋的缺點。怎樣纔得到文學的高超性，這完全要看在文調上有沒有藝術的紀律。先有高超的思想，然後再配上高超的文調，纔是完美。有上帝開天闢地的創造，又有聖經那樣莊嚴簡練的文字。所以我們纔有空前絕後的聖經文學。高超的文調，一方面是挾着感情的魔力，另一方面是要避免種種的卑陋的語氣，和粗俗的辭句，近來寫散文的人，不知是過分的要求自然，抑是過分的忽略藝術，常常的淪于粗陋之一途，無論寫的是什麼樣的題目，類皆出之以嘻笑怒罵，引車賣漿之流的語氣，和村婦罵街的口吻，都成爲散文的正則。像這樣恣肆的文字，裏面有的是感情，但是文調，沒有！（新月）

論小品文

朱自清

——背影序——

胡適之先生在一九二二年三月，寫了一篇五十年來中國之文學，篇末論到白話文學的成績，第三項說：

白話散文很進步了。長篇議論文的進步，那是顯而易見的，可以不論。這幾年來，散文方面最可注意的發展，乃是周作人等提倡的「小品散文」。這一類的小品，用平淡的談話，包藏着深刻的意味；有時很像笨拙，其實卻是滑稽。這一類作品的成功，就可徹底打破那「美文不能用白話」的迷信了。

胡先生舉了四項。第一項白話詩，他說「可以算是上了成功的路了」；第二項短篇小說，他說「也漸漸的成立了」；第四項戲劇與長篇小說，他說「成績最壞」。他沒有說那一種成績最好；

但從語氣上看，小品散文的至少不比白話詩和長篇小說的壞。現在是六年以後了，情形已是不同；白話詩雖也有多少的進展，如採用西洋詩的格律，但是太需緩了；文壇上對於牠，已迴非先前的熱鬧可比。胡先生那時預言，「十年之內的中國詩界，定有大放光明的一個時期，」現在看看似乎絲毫沒有把握。短篇小說的情形，比前爲好，長篇差不多和從前一樣。戲劇的演作兩面，却已有可注意的成績，這令人高興。最發達的，要算是小品散文。三四年來風起雲湧的種種刊物，都有意或無意地發表了許多散文，近一年這種刊物更多。各書店出的散文集也不少。東方雜誌從二十二卷（一九二五）起，增闢「新語林」一欄，也載有許多小品散文。夏丏尊劉薰宇兩先生編的文章作法，於記事文，敍事文，說明文，議論文而外，有小品文的專章。去年小說月報的「創作號」（七號），也特闢小品一欄。小品散文，於是乎極一時之盛。東亞病夫在今年三月「復胡適的信的」（眞美善一卷十二號）裏。論這年寫文學的成績說：「第一是小品文字，含諷刺的，析心理的，寫自然的，往往着墨不多，而餘味曲包。第二是短篇小說。……第三是詩。……」這個觀察大致不錯。

但有舉出「懶惰」與「欲速」，說是小品文和短篇小說發達的原因，那却是不對的。現在姑且丟開短篇小說而論小品文：所謂「懶惰」與「欲速」，只是牠的本質的原因之一面；牠的歷史的原因，其實更來得重要些。我們知道，中國文學向來大抵以散文學爲大正宗；散文的發達，正是順勢。而小品散文的體製，舊來的散文學裏也儘有，只精神面目，頗不相同罷了。試以姚鼐的十三類爲準，如序跋，書牘，贈序，傳狀，碑誌，雜記，哀祭七類中，都有許多小品文字；陳天定選的古今小品，甚至還將詔令，箴銘列入，那就未免太廣泛了。我說歷史的原因，只是歷史的背景之意，並非指出現代散文的源頭所在。胡先生說，周先生等提倡的小品散文，「可以打破「美文不能用白話」的迷信」。他說的那種「迷信」的正面，自然是「美文只能用文言了」；這也就是說，美文古已有之，只周先生等才提倡用白話去做罷了。周先生自己在雜拌兒序裏說：

……明代的文藝美術比較地稍有活氣，文學上頗有革新的氣象，公安派的人能夠無視古文的正統，以抒情的態度作一切的文章，雖然後代批評家貶斥牠爲淺率空疏，實際却是眞實的個性的表現，其價値在竟陵派之上。以前的文人對於著作的態度，可以說是二元的，而他們則是一元的，在這一點上與現代寫文章的人正是一致，……以前的人以爲文是「以載道」的東西輕但此外另有一種文章却是可以寫了來消遣的；現在則又把牠統一了，去寫成讀可以說是本於消遣，但同時也就傳了道了，或是聞了道。……

……這也可以說是與明代的新文學家的意思相差不遠的。在這個情形之下，現代的文學

—現在只就散文說——與明代的有些相像，正是不足怪的，雖然並沒有去模仿，或者也還很少有人去讀明文，又因時代的關係在文字上很有歐化的地方，思想上也自然要比四百年前有了明顯的改變。

這一節話論現代散文的歷史背景，頗爲扼要，且極接通。明朝那些名士派的文章，在舊來的散文學裏，確是最與現代散文相近的。但我們得知道，現代散文所受的直接的影響，還是外國的影響；這一層周先生不曾明說。我們看，周先生自己的書，如澤瀉集等，裡面的文章，無論從思想說，從表現說，豈是那些名士派的文章裏找得出的？——至多「情趣」有一些相似罷了。我甯可說，他所受的(外國的影響)比中國的外。而其餘的作家，外國的影響有時還要多些，像魯迅先生，徐志摩先生。歷史的背景只指給我們一個趨勢，詳細節目，原要由各人自定；所以說了外國的影響，歷史的背景並不因此抹殺的。但你要問，散文既有那樣歷史的優勢，爲什麼新文學的初期，倒是詩，短篇小說和戲劇盛行呢？我想那也許是一種反動。這反動原是好的，但歷史的力量究竟太大了，你看，牠們支持了幾年，終於懈弛下來，讓散文恢復了原有的位置。那種現象却又是不健全的；要明白此層，就要說到本質的原因了。

讀如散——文學與純文學相對，較普通所謂散文，意義廣些，駢文也包括在內。

分別文學的體製，而論其價值的高下，例如亞里士多德在詩學裏所做的，那是一件批評的大業，包孕着種種議論和衝突；淺學的我，不敢贊一辭，我只覺得體製的分別有時雖然很難確定，但從一般見地說，各體實在有着個別的特性，這種特性有不着同的價值。抒情的散文和純文學的詩，小說，戲劇相比，便可見出這種分別。我們可以說，前者是自由些，後者是謹嚴些；詩的字句，音節，小說的描寫，結構，戲劇的剪裁與對話，都有種種規律（廣義的，不限於古典派的），必須精心結撰，方能有成。散文就不同了，選材與表現，比較可隨便些；所謂「閒話」，在一種意義裡，便是牠的很好的詮釋。牠不能算作純藝術品，與詩，小說，戲劇有高下之別。但對於「懶惰」與「欲速」的人，牠確是一種較為相宜的體製。這便是牠的發達的另一原因了。我以為眞正的文學發展，還當從純文學下手，單有散文學是不夠的；所以說，現在的現象是不健全的。——希望這只是暫時的過渡期。不久純文學便會重新發展起來，至少和散文學一樣！但就散文論散文，這三四年的發展，確是絢爛極了：有種種的樣式，種種的流派，表現着，批評着，解釋着人生的各面，遷流曼衍，日新月異：有中國名士風，有外國紳士風，有隱士，有叛徒，在思想上的如此。或描寫，或諷刺，或委曲，或縝密，或勁健，或綺麗，或洗煉，或流動，或含蓄，在表面上是如此。

日記與尺牘

周作人

日記與尺牘是文學中特別有趣味東西，因爲比別的文章更鮮明的表出作者個性。詩文小說戲曲都是做給第三者看的，所以藝術雖然更加精鍊，也就多有一點做作的痕跡，信札只是寫給第二個人，日記則給自己看的，（寫了日記預備將來石印出書的算作例外，）自然是更眞實更大然的了。我自己作文覺得都有點做作，因此反動地喜看別人的日記尺牘感到許多愉快。我不能寫日記，更不善寫信，自己眞相彷彿在心中隱約覺到，但要寫他下去，即使想定是私密的文字，總不免還有做作。——這並非故意如此，實在是修養不足的緣故，然而因此也愈覺得別人的日記尺牘之佳妙，可喜亦可貴了。

中國尺牘向來好的很多，文章與風趣多能兼具，但最佳者還應能顯出主人的性格。全晉文中錄王羲之雜帖，有這兩章：

「吾頃無一日佳，衰老之弊日至，夏不得有所噉，而猶有勞務，甚劣劣。」

「不審復何似？，永日多少看未？九日當採菊不？至日欲共行也，但不知當盡情不耳？」

我覺得這要比「奉橘三百顆」還有意思。日本詩人芭蕉（Basho）有這一封向他的門人借錢的信，在寥寥數語中畫出一個飄逸的俳人來。

「欲往芳野行脚，希惠借銀五錢。此係勒借，容當奉還，唯老夫之事，亦殊難說耳。

去來君　　芭蕉

日記又是一種考証的資料。近閱汪輝祖的病榻夢痕錄上卷，乾隆二十年(1755)項下有這幾句話：

「紹興秋收大歉。次年春夏不交，米價斗三百錢，丐殍載道。」

同五十九年(1794)項下又云：

「夏間米一斗錢三百三四十文。往時米價至一百五十六文，即有餓殍，今米常貴而人尙樂生，蓋往年專貴在米，今則魚蝦蔬果無一不貴，故小販村農俱可糊口。」

都有經濟史的好材料，同時也可以看出他精明的性分。日本俳人一茶(Issa)的日記一部流行于世，最新發見刊行的為一茶旅日記，文化元年(1804)十二月中有記事云：

「二十七日陰，買鍋。

二十九日雨，買醬。」

十幾個字裡，貧窮之狀表露無遺同年五月項下云，

「七日晴，投水男女二人浮出吾妻橋下。

此外還多同類的記事，年月從畧：

「九日晴，南風。妓女花井火刑。」

「二十四日晴。夜，前庵前板橋被人竊去。

二十五日雨。所餘板橋被竊。」

這些不成章節的文句卻含著不少的暗示的力量，我們讀了恍忽想見作者的人物及背景，其効力或過于於所作的俳句，我喜歡一茶的文集俺的春天，但也愛他的日記，雖然除了吟咏以外只是一行半行的紀事，我卻覺得他儘有文藝的趣味。

在外國文人的日記尺牘中有一兩節關于中國人的文章，也很有意思，抄錄於下，博讀者之一粲。倘若讀者不笑而發怒，那是介紹者的不好，我願意賠不是，只請不要見怪原作者就好了

夏目漱石日記，明治四十二年(1909，)

「七月三日

晨六時地震，夜有支那人來，站在柵門前說把這個開了。是誰，來幹什麼。答說你家裡的事我都聽見，姑娘八位，使女三位，三塊錢。完全像個瘋子，說你走罷也仍不回去，說還不走要交給警察了，答說我是欽差， 隨出去了。 是個荒謬的東西。」 以上據漱石全集第十卷譯出

，後面是從譯契訶夫書簡集中抄譯的封信。

契訶夫與妹書

「一八九〇年六月二十九日，在木拉伏夫輪船上。

我的艙裡流星紛飛，——這是有光的甲蟲，好像是電氣的火光，白晝裡野羊游泳過黑龍江。這里的蒼蠅很大，我和一個契丹人同艙，名叫宋路理，他屢次告訴我在契丹為了一點小事就要「頭落地。」昨夜他吸鴉片醉了，睡夢中只講話，使我不能睡覺。二十七日我在契丹愛琿城近地一走，我似乎漸漸的走進一個怪異的世界裏去了，輪船播動不好寫字。明天我將到伯力了。那契丹人現在起首吟他扇上所寫的詩了。」

十四年三月

文藝批評雜話

周作人

一

中國現代之缺乏文藝批評，是一件無可諱言的事實。在日報月刊上儘管有許多批評似的文字，但是據我看來，都不能算是理想的文藝批評。我以爲眞的文藝批評，本身便應是一篇文藝，寫出著者對於某一作品的印象與鑒賞，決不是偏於理智的論斷。現在的批評的缺點大抵就在這一點上。

其一，批評的人以爲批評這一個字就是吹求，至少也是含著負的意思，所以文章裏必要說些非難輕蔑的話，彷彿是不如此便不成其爲批評似的。這些非難文所憑藉的無論是舊道德或新文化，但是看錯了批評的性質，當然不足取了。

其二，批評的人以爲批評是下法律的判決，正如司法官一般，這個判決一下，作品的運命便註定了。在從前主義派別支配文藝界的時代，這樣的事確是有過，如約翰孫別林斯奇等便是這一流的賢吏。但在現代這種辦法已不通行，這些賢吏的少見那更不必說了。

這兩種批評的缺點，在於相信世間有一種超絕的客觀的眞理，足爲萬世之準則，而他們自己恰正了解遵守著這個眞理，因此被賦裁判的權威，爲他們的批評的根據，這不但是講「文以載道」或主張文學須為勞農而作者容易如此，固守一種學院的理論的批評家也都免不了這個弊病。我們常聽見人拿了科學常識來反駁文藝上的鬼神等字樣，或者用數學方程來表示文章的結構：這些辦法或者都是不錯的，但用在文藝批評上總是太科學的了。科學的分析的文學原理，於我們想理解文學的人誠然也是必要，但決不是一切。因為研究要分析，鑒賞卻須綜合的。文學原理，有如技術家的工具，孟子說，「大匠與人以規矩，不能與人巧，」我們可以應用學理看出文藝作品的方圓，至於其巧也就不能用規矩去測定他了。科學式的批評，因為固信永久不變的準則，容易流入偏執如上文所說，便是最好的成績，也是屬於學問範圍內的文藝研究，如文學理論考證史傳等，與文藝性質的文藝批評不同。陶淵明詩裏有兩句道，「奇文共欣賞，疑義相與析，」所謂文藝批評便是奇文共欣賞，是趣味的綜合的事，疑義相與析，正是理智的分析的工作之一部分。

真的文藝批評應該是一篇文藝作品，裏邊所表現的與其說是對象的真相，無寧說是自己的反應。法國的法蘭西在他的批評集序上說，

「據我的意思，批評是一種小說，同哲學與歷史一樣，給那些有高明而好奇的心的人們去看的；一切小說，正當的說來，無一非自敍傳。好的批評家便是一個記述他的心靈在傑作間之

冒險的人。

「客觀的批評，同客觀的藝術一樣的並不存在。那些自騙自的相信不會把他們自己的人格混到著作裏去的人們，正是被那最謬誤的幻見所欺的受害者，事實是：我們決不能脫去我們自己。這是我們的最大不幸之一。倘若我們能夠一剎那間用了蒼蠅的多面的眼睛去觀察天地，或者用了猩猩的簡陋的頭腦去思索自然，那麼，我們當然可以做到了。但是這是絕對的不可能的。我們不能像古希臘的鐵勒西亞斯生爲男人而有做過女人的記憶。我們被關閉在自己的人格裏，正如在永久的監獄裏一般。我們最好，在我看來，是從容的承認了這可怕的境況，而且自白我們只是說著自己，每當我們不能再守沈默的時候。

「老實地，批評家應該對人們說，諸位，我現在將要說我自己，關於沙士比亞，關於拉辛，或巴斯加耳或歌德了。至少這個機會總是儘夠好了。」

這一節話我覺得說的極好，凡是作文藝批評的人都應該注意的。我們在批評文裏很誠實的表示自己的思想感情，正與在詩文上一樣，即使我們不能把他造成美妙的文藝作品，總之應當自覺不是在那里下判決或指摘缺點。

二

我們憑了人間共通的情感，可以了解一切的藝術作品，但是因了後天養成的不同的趣味，就此生出差別，以至愛憎之見來。我們應當承認這是無可奈何的事，不過同時也應知道這只是我們自己主觀的迎拒，不能影響到作品的客觀的本質上去，因爲他的絕對的眞價我們是不能估定的。許多司法派的批評家硬想依了條文下一個確定的判決，便錯在相信有永久不易的條文可以作評定文藝好壞的標準，却不知那些條文實在只是一時一地的趣味的項目，經過多數的附和，於是成爲權威罷了。這種趣味當初儘有絕大的價值，但一經固定，便如化石的美人只有冷而沈重的美，或者不如說只有冷與沈重迫壓一切強使屈服而已。現在大家都知道稱賞英國濟慈(Keats)的詩了然而他在生前爲「批評家」所痛罵。至於有人說他是被罵死的，這或是過甚之詞，但也足以想見攻擊的猛烈了。我們看著現代的情形，想到濟慈被罵死的事件，覺得頗有不可思議的地方：爲什麼現在的任何人都能賞識濟慈的詩，那時的堂堂勃拉克烏特雜誌(Blackwood'S Magazine)的記者却會如此淺陋，不特不能賞識而且還要痛罵呢，難道那時文藝批評家的見識眞是連此刻的商人還不如麼？大約不是的罷。這個緣故是，那時的批評家是十八世紀的，現在的却是濟慈以後的十九世紀的了；至於一般趣味的程度未必便很相遠，不過各自固執著同時代的趣味，表面上有點不同罷了。現代的批評家笑著勘拉克烏特記者的無識，一面却憑著文學之名，儘在那里痛罵異趣味的新「濟慈。」這種事情是常有的。我們在學校社會教育各方面無形中養成一種趣味，為一生言行的指針，原是沒有什麽希奇，所可惜者這種趣味往往以「去年」為截止期，不肯容受「今天」的事物，而且又不承認這是近代一時的趣味，却要當他作永久不變的正道，拏去判斷一切，於是濟慈事件在文藝史上不絕書了。所以我們在要批評文藝作品的時候，一方面想定要誠實的表白自己的印象，要努力於自己表現，一方面更要明白自己的意見只是偶然的趣味的集合，決沒有什麽能夠壓服人的權威；批評只是自己要說話，不是要裁判別人；能夠在文藝批評裏具備了誠和謙這兩件事，那麽勃拉克烏特記者那樣的失策庶幾可以免去了罷。

以上的話，不過為我們常人自己知道平凡的人而說，至於眞是超越的批評家當然又當別論了。我們常人的趣味大抵是「去年」的，至多也是「當日」(Up to date)的罷了，然而「精神的貴族」的詩人，他的思想感情可以說是多是「明天」的，因此這兩者之間常保有若干的距離，不易接觸。我們鑒於文藝史上的事件，學了乖巧，不肯用了去年的頭腦去呵斥明天的思想，只好直抒所感的表白一番，但是到了眞是距離太遠的地方，也就不能再說什麽了，在這時候便不得不等眞的批評家的出現，給我們以幫助。他的批評的態度也總具著誠與謙這兩件。唯因為他也是「精神的貴族，」他的趣味也超越現代而遠及未來，所以能夠理解同樣深廣的精神，指示出來，造成新的趣味。有些詩人當時被人罵倒而日後能夠復活，或且成爲偶像的，便都靠有這樣的眞批評家把他從泥裏找尋出來。不過這是不可勉強的事，不是人人所做得到的。平凡的人想做這樣的眞批評家，容易弄巧成拙，不免有棄美玉而寶燕石的失著，只要表現自己而批評，並沒有別的意思，那便也無妨礙，而且寫得好時也可以成爲一篇美文，別有一種價值，別的創作也是如此，因爲講到底批評原來也是創作之一種。

（一九二三年二月）

（談龍集）

本書勘誤表

頁數	行數	字數	誤印	正
四	三	二至五	文學評論	文藝批評
二七	一二	卅四至卅五	他們必的語	他們的句語
二八	二	一	自	日
四五	五	四	舊	舊
四五	九	十一	章十劍	章士劍
五一	三	四	楊鞭集	揚鞭集
五二	十二	一	汪	王
五二	十三	十一	歎	獻
五五	十	廿八	基磯	基礎
五八	四	二至四	西○灣	○西灣、
五九	八	十九	記賑式	記賬式

七〇	八	十二至十五	批評論的	批評的
八一	十二	六至九	件小一事	一件小事
九〇	五	十一至十四	中	中國文學
一〇二	四	十五	賴	懶
一〇六	十	廿三	汙	汚
一〇九	三	十一	汀	江
一一〇	一	一至三	用，此	用此
一一〇	七	九	○	，
一一三	三	十九	首	死
一一三	十	廿六至廿八	了用	用了
一一四	八	三十四	非	須
一一四	九	十六	非	須
一一六	九	三至七	我爲我以們	我以爲我們
一一七	二	六	咧	例

一一七	七	三十一	B.ccaeto	Boccacio
一一七	八	五	O. Meieib	Medeci
一一七	十一	一至三	△△敦	是倫敦
一一七	十二	十三至十四	(1310—1340)	(1340—1400)
一一七	十三	十五至十八	「中都士話」	「中部士話」
一一八	十二	四至六	如何以	何以
一一八	十四	十五	恨	很
一二二	一	七至十	篇都是篇	篇篇都是
一二四	七	四至六	觀，察	觀察，
一二八	一	廿一	Moutaee	Montaigne
一二八	三	九	Motley	Morley
一二八	三	三	Bukle	Buckle
一二八	七	十六	揣	描
一二八	十二	一	短	如

一二九	十	廿八	一這樣	這樣
一三〇	十二	七	實	實
一三三	八	十二	巳	已
一三四	四	廿五	巳	已
一三四	五	十三	巳	已
一三四	五	三十一	巳	已
一三四	六	七	巳	已
一三七	二	十一至十二	作〇家	作家〇
一三七	八	廿八	輿	與
一三九	二	八	Sndermann	Sudermann
一四〇	三	七	輿	與
一四六	八	十四	時	詩
一四七	七	五	△	縴
一四九	四	三至四	何如	如何

民國二十一年九月初版

中國新文學概論

編撰者：陸永恒

印刷者：克文印務局

代售者：廣州各大書局

每冊實價小洋壹元

外埠酌加郵費

155, 007

語言文學類　PG0951

中國新文學概論

作　　者／謝　泳、蔡登山
責任編輯／邵亢虎
圖文排版／彭君浩
封面設計／陳佩蓉

發 行 人／宋政坤
法律顧問／毛國樑　律師
印製出版／秀威資訊科技股份有限公司
114 台北市內湖區瑞光路 76 巷 65 號 1 樓
電話：+886-2-2796-3638　傳真：+886-2-2796-1377
http://www.showwe.com.tw
劃撥帳號／19563868　戶名：秀威資訊科技股份有限公司
讀者服務信箱：service@showwe.com.tw
展售門市／國家書店（松江門市）
104 台北市中山區松江路 209 號 1 樓
電話：+886-2-2518-0207　傳真：+886-2-2518-0778
網路訂購／秀威網路書店：http://www.bodbooks.com.tw
國家網路書店：http://www.govbooks.com.tw
圖書經銷／紅螞蟻圖書有限公司
台北市 114 內湖區舊宗路 2 段 121 巷 19 號（紅螞蟻資訊大樓）
電話：+886-2-2795-3656　傳真：+886-2-2795-4100

2013 年 4 月 BOD 一版
定價：1400 元

國家圖書館出版品預行編目

中國新文學概論 / 謝泳, 蔡登山編. -- 一版. -- 臺北市 :
秀威資訊科技, 2013.04
面 ; 公分. -- (中國現代文學史稀見史料 ; 6)(語言文學類 ; PG0951)
BOD版
ISBN 978-986-326-094-3(精裝)

1. 中國當代文學 2. 中國文學史

820.908 102004652

讀者回函卡

感謝您購買本書，為提升服務品質，請填妥以下資料，將讀者回函卡直接寄回或傳真本公司，收到您的寶貴意見後，我們會收藏記錄及檢討，謝謝！

如您需要了解本公司最新出版書目、購書優惠或企劃活動，歡迎您上網查詢或下載相關資料：http:// www.showwe.com.tw

您購買的書名：________________________________

出生日期：_______年_______月_______日

學歷：□高中（含）以下　□大專　□研究所（含）以上

職業：□製造業　□金融業　□資訊業　□軍警　□傳播業　□自由業

□服務業　□公務員　□教職　□學生　□家管　□其它_____

購書地點：□網路書店　□實體書店　□書展　□郵購　□贈閱　□其他

您從何得知本書的消息？

□網路書店　□實體書店　□網路搜尋　□電子報　□書訊　□雜誌

□傳播媒體　□親友推薦　□網站推薦　□部落格　□其他__________

您對本書的評價：（請填代號　1.非常滿意　2.滿意　3.尚可　4.再改進）

封面設計____　版面編排____　內容____　文／譯筆____　價格____

讀完書後您覺得：

□很有收穫　□有收穫　□收穫不多　□沒收穫

對我們的建議：________________________________

____

____

____

請貼
郵票

11466
台北市內湖區瑞光路 76 巷 65 號 1 樓
秀威資訊科技股份有限公司 收
BOD 數位出版事業部

（請沿線對折寄回，謝謝！）

姓　　名：＿＿＿＿＿＿＿＿ 年齡：＿＿＿＿ 性別：□女　□男

郵遞區號：□□□□□

地　　址：＿＿＿＿＿＿＿＿＿＿＿＿＿＿＿＿

聯絡電話：(日)＿＿＿＿＿＿＿＿ (夜)＿＿＿＿＿＿＿＿

E-mail：＿＿＿＿＿＿＿＿＿＿＿＿＿＿＿＿